KB010396

문학과지성 시인선 530

2170년 12월 23일

성윤석 시집

문학과지성사

문학과지성사에서 펴낸 성윤석의 시집

극장이 너무 많은 우리 동네(1996)
멍게(2014)

문학과지성 시인선 530
2170년 12월 23일

펴 낸 날 2019년 7월 10일

지 은 이 성윤석
펴 낸 이 이광호
주   간 이근혜
편   집 김필균 이민희 조은혜 박선우
펴 낸 곳 ㈜문학과지성사
등록번호 제1993-000098호
주   소 04034 서울 마포구 잔다리로7길 18(서교동 377-20)
전   화 02)338-7224
팩   스 02)323-4180(편집) 02)338-7221(영업)
전자우편 moonji@moonji.com
홈페이지 www.moonji.com

ⓒ 성윤석, 2019. Printed in Seoul, Korea

ISBN 978-89-320-3553-6 03810

이 책은 서울문화재단 '2017년 문학창작집 발간 지원사업'의 지원을 받아 발간되었습니다.

이 도서의 국립중앙도서관 출판예정도서목록(CIP)은 서지정보유통지원시스템 홈페이지
(http://seoji.nl.go.kr)와 국가자료공동목록시스템(http://www.nl.go.kr/kolisnet)에서
이용하실 수 있습니다. (CIP제어번호: CIP2019025652)

문학과지성 시인선 530

2170년 12월 23일

성윤석

한 권이면 족하지 했는데 다시 시집을 묶는다. 계면쩍다.
이 계면쩍음이 나중에는 뻔뻔해질 것이다. 그것을 바라
보는 시간이 두렵지만 불화와 불우 그리고 불후가 진눈
깨비처럼 내리는 거리를 홀로 쏘다니며 인간의 삶을 다
시 하청받겠다. 내내 어딘가 불안해 보이고 불편해서 겨
우 서 있는 듯한 문장만이 내 곁에 있을 것이다.

2019년 7월
성윤석

2170년 12월 23일

차례

시인의 말

해설

1부

인간의 동작

성냥을 치익, 그어 담뱃불을 붙인 뒤 손을 모아
성냥불을 감싸는 그녀의 손
왜 웃으면서 그럴까 담배 필터 끝을 손바닥에 탁탁
친 뒤 입술로 가져가는 그는 왜
입꼬리를 살짝 올려놓을까
여기서
저기서
담배를 피울 땐 음악이 필요하다고
생각한다
인간의 동작은 다른 것들과는 다르다
항상 어딘가에 도착해 있고
어딘가로 다시 가고 있다
밤길도 밟는다고 생각하면 구불텅거리며
가던 길을 다시 가는데
보증서와 함께
오래전에 묻어두면 예쁘게 있다 사라질
거라고 팔아먹은 내 슬픔이 정말 그랬는지는
나도 잘 모른다

2170년 12월 23일

흐린 겨울 저녁인데 죽은 자의 글을 따라가는 앳된 소녀가 롤러스케이트 같은 기계를 타고 공중으로 솟구쳤다 거기에 나는 없었다 땅은 좁아졌고 사람들도 줄었다 거기에 나는 없었다 문장도 하늘로 떠올랐다 All's Well That Ends Well* 결과가 좋으면 다 좋아요 공중에서 눈이 내렸다 검은 구름에서 흰 눈은 여전했다 거기에 나는 없었다 구름 위를 한 사내가 바바리코트를 입은 채 걷고 있었다 검은 마스크를 쓰고 있었다 신인류였다 속도 중력 감정 들이 비틀어졌다 우리가 본 것이 아니었다 거기에 나는 없었다 여성과 사내 들은 주로 공중에 떠 있거나 지하로 내려갔다 지상은 오염되었고 신인류는 이제 불행을 매수하지 않았고 내버려둔 채 세상 최후의 고독을 살았다 거기에 나는 없었지만 이에 대한 어떤 증거도 거기엔 없었다 고스란히 새와 식물 들은 보였지만 불법이긴 했지만 수명 단축 기계가 여기저기 도시의 쓰레기통에 버려져 있었다 '결과가 좋으면 다 좋아요' 그 도시의 재해대책본부에서 쏘아올린 저녁의 문장이 다시 공중으로 솟구쳤다

신이 아니라, 내가 보기에 그것은 마치 돛대 같았다

* 셰익스피어 희곡 제목.

에어 기타

한곳에서 말의 사체를 찢어 만든 마두금 소리가 났다
디 마이너 키를 누르고 기타를 안는다
핀란드라는 나라에 가면 해마다 에어 기타
대회를 연다지
기타 한 대 없이 기타를 친다지
이이이이이이
이이이이이이
연주란 음의 말타기
이것은 기타를 찢은 기타의 연주다

허공에 세운 것들
새긴 것들
날린 것들에도 역사가 있듯이

혁명 좌절 서러움
종이에 먹물을 바른 걸 책이라 하지

노래를 하렴
나는 기타 치는 모습을 하겠다

기타가 그에게 깃든 건지
그가 기타 속으로 들어간 건지

그에게선 기타가 보인다

아무에게도 들리지 않는 소리가
내겐 유효하다

어떤 모임에는 가지 않음으로써
다른 이가 나타날 수 있다

기타가 변화한 에어 기타

에어 기타는 지금 다른 기타로 달아나려는 거야
소리는 더 장중하겠지

나는 내내 기다리는 모습을 갖겠다

피아노

절벽에서 떨어진 뒤 치아들이 부실해진다
대문니는 빠져 브리지를 했고
양쪽 어금니와 그 옆 이들이 두세 개씩
빠졌다
오늘 또 노을을 맞는다
사람을 거의 만나지 않게 된 것은
―사람을 만날 때마다 들리던 음악이
줄어들었기 때문이다
나날의 빵 속엔 이가 깨져 부실한
쳇 베이커가 트럼펫을 불고 있다
음악에는 틀린 음이 없다지
음악의 이빨은 피아노다
피아노는 음악의 입속이다

일본 복어의 건축

서클 구조물 수: 중심 원으로부터 22 22 24 24
공사 기간: 7일
노동 시간: 24시간 내내
도구: 배 밑 지느러미
장식: 조개껍데기
몸의 크기: 10센티미터
서클의 크기: 2미터
사랑의 표현: 암컷의 입술 옆을 문다

0이 없음, 즉 무이고 1이 신이고 2가 신과의 분리라면
3은 인간이고 4는 타인과의 사랑이다 세어보니 일본
복어 수컷의 건축물은 알을 낳는 자리에서 바깥으로
22개 24개의 모래 성곽을 세웠다
암컷이 이 수고로운 수컷의 모래 건축물을
찾아오면 영락없는 바닷고기의 짝짓기를 하지만 수컷은
좀 아쉬웠던 모양이다
암컷의 입술 옆 볼을 물고 흔든다
인간의 볼도 신의 볼도 물고 흔든다

사랑하는 척하지 마라!

예고편

다 들을 필요 없다
다 듣지도 않는다

전반부
몇 페이지만 읽어도 몇 장면만
봐도 나머지는 짐작이 간다

이런 인류가 없었다

나머지 노래와 극 내용은
여러 버전으로 완성할 수 있다

다 듣고 바로 내뱉는 그와 다 듣지 않고
알아버린 그가 밖에 서 있다

우리는 외롭니?라고 묻지 않고
춥니?라고 묻는다

우리 위에서 가장 높이 떠 있는 게

무엇일까 생각한다

다 보지는 말라고 다 듣지는 말라고
미리 보기
맛보기
예고편들의 파란은

만장의 길이 된다

전시용 사막

땅을 파도 물이 나오지 않는다면
멀리서 불어오는 바람에게 물을 받아야
한다

바람의 거죽을 벗겨 이슬을 얻는
장치가 필요할 텐데
시가 되려다 만 것들
만나려다
그만둔 것들을 기억해야 할 텐데

숨겨둔 것은 더 빨리 잊는다

멀리서 보면 다 먼지고 빛일 뿐인데

죽자고 덤벼든 그 모래 시간들

보관용 사막을 잃어버린 채

모래 알갱이들이 흘러내릴 동안

사막 도마뱀처럼 손을 뗐다 흔들었다

발을 굴렀다 떼었다가

아직은 씻지 못할 지구 세상 죄들의

뜨거운 바닥에서

지나온 바닥은 이제 다 식었을 거라고 생각하는

나는 무엇인가

이중나선 구조를 보인 꿈

아직 꿈을 꾼다면 우리는 모두

시간 여행자다

검은 돼지들의 해 계해년에 나는 그를 처음 보았다

갑자년에 그는

연인을 잃었다

정유년에 나는 그를 또 보았다

가죽점퍼 가죽바지를 입고 오토바이 뒤에

정신병원에 있는

어머니를 태우고 있었다 파란 원숭이의 해

갑신년에 우리 가족을 거실에 죽 늘어세워놓고

끝에 서 있던 아우를 그는 칼로

찔렀다

이튿날 아우가 갑자기 죽었다는 연락을

받았다

차례차례 봄이 왔고

봄이 오지 않았다

정묘년 일월에 한 학생이 고문으로

사망했고 그해 태풍은 강했으며

남성복과 여성복 모두 조르지오 아르마니의

소프트한 재킷을 즐겨 입었다

무술년 이후로 그는 보이지 않았다 물어도
귀신들이 대답하지 않았다 복수가
끝난 건가 그는 다시 나를 데리러 올 것이다
나는 기다리는 중이었다

——다음은 너다

*

하늘에 해와 달이 두 개씩 뜨고 초목과 금수가
말을 하며 사람이 물으면 귀신이 답하는 혼란의 시대
가 있었다. 이에 대별왕은 이승에 친히 와서 화살로 해와
달을 하나씩 쏘아 떨어뜨리고, 송피 가루를 뿌려 초목과
금수의 입을 막았으며, 귀신과 인간을 저울로 달아 백 근
이 넘는 것은 인간으로, 안 되는 것은 귀신으로 보냈다.
　　　　　　　　——제주도 서사무가 「천지왕본풀이」

인간과 귀신의 분류법 외전:

　하늘에 해와 달이 하나씩 뜨고 초목과 금수가 침묵하여 사람이 물으면 사람도 대답하지 않는 혼란의 시대가 왔다. 그리하여 썩지 않는 것 주름지지 않는 것 얼룩지지 않는 것 냄새나지 않는 것 털어서 먼지 나지 않는 것 흔들어도 무너지지 않는 것은 귀신으로, 찡그리고

　한숨짓고 눈물 흘리며 함부로 몸을 움직여 주위를 어지르고 시끄럽게 쇠락해가는 것들을 인간으로 보내기로 했다.

— 페친 부희령의 페이스북 2018. 2. 26.

　을묘년 봄에 깨어났더니
　누가 나에게 기억을 잃었다 했다
　늙은 내 손에 손거울이 쥐어졌으나
　나는 던져버렸다
　투닥거리는 빗소리도
　길고 긴 꿈에 불과하려니
　설워 마라 누가 꿈속에서
　흰 봉투를 내밀었다

건물을 빠져나오며

자꾸 실패하면서 나는 조금 나아졌다 아니 나빠진 건지도 모른다 마음이 다치듯 몸이 다친다 마음이 몸으로 옮겨가는 과정을 느리게 보고 있다 마음이 휘어져 사선을 넘어 돋움을 하는데 느리게 보고 있다 사람 사람 사람 치즈를 만드는 어떤 염소 목장에서는 염소가 새끼 때 뿔이 돋아나는 자리를 불로 지져 없애버린다 염소는 지배적인 동물이라서 서로 우두머리가 되려고 싸우다 뿔로 치받아 다리 골절이나 심각한 상처를 신체에 입는다고 한다 뿔이 없어도 염소들은 서로 치받고 싸우지만 깊은 상해는 남기지 않는다 착유 시간이 오면 염소들은 차례로 자신의 착유기로 들어가 머리를 집어 넣는다 착유가 시작되면 어떤 염소는 다 씹지 않은 풀을 마치 껌 씹듯 하며 짐짓 여유를 부린다 신이 불로 지져버린 뿔이여 나타나라 마음은 결코 저런 목장 안에는 있지 않을 거라 생각하며 돌아 나왔는데 나도 어느새 줄을 서서 어느 가게에 머리를 들이밀고 있다 껌을 씹어볼까

동료가 힐링이나 하라고 던져주는 옛,이라는 첫 글자를 받아 들고

빙장冰葬

먼저 시신의 몸속에 있는 칩들을 제거해야 하오 팔뚝이나 무릎에 있는 폰들과 인공지능이 감시하는 대체 장기들 스스로 진화한 랜섬웨어 더블들 잔여 파일들까지 수은과 납 성분 기타 중금속들은 나중 문제지 다른 지역에선 어떻게 하는진 모르지만 여기선, 우리는 액화 질소 가스를 사용하오 구시대적이지요 영하 2백 도로 시신을 얼려버리오 그러곤 분쇄하는 거지 그러고 나면 딱 30센티미터짜리 관에 들어간다오 냉동 부활 그거 실패한 정책이오 부활은 성공했지만 자살률이 90퍼센트지요 나머지 10퍼센트도 정신 수용소로 보내지오 어느 나라냐고 물으셨소 이 별엔 이제 나라 따위 국경 따위는 없다오 지도자 뭐 이런 존재도 없다오 더 나은 인간이 없다는 거지 오래전에 이 별은 투표를 통해 빙장을 승인했다오 그때도 지도자는 없었지 발기인은 있었어도, 투표는 10분 만에 끝났고 모두 빙장을 선택했소 토양이 모두 오염되었거든 방금 화성을 얘기했소 ㅎㅎ 오염되었어도 이곳만한 곳은 없소 분쇄 처리가 끝난 관은 모두 오염 지역으로 보내지오 그곳 땅에 묻히는 거지요 관도 모두 한 달 안에 분해되오 미생물들이 다 분해하지요 놀라운 것은 이 분쇄된 시신이 묻힌 곳의 땅들이 살아나고 있다는 거요 시신의 영양을 빨아먹고 꽃들이 벌레들이 살아나는 장관을 보인 거요 근데 아까부터 수상했는데 당신은 어디에서 왔소 냉동에서 부활한 것이오 부활이라니, 그럴 리가! 이리 온전할 수가 없소

실화를 바탕으로 하였음

제이미가 버스에서 내렸을 땐
B구역에서만 10조 달러 상당의* 채권과
개인 회사 보유의 금 예금 연금 등이 증발한 뒤였다

3천만 명이 어느 날 아침 해고 통지서를 알람 기계를
통해 받았으며 2천만 명은 집을 잃었다*

제이미는 남편 빌이 더 이상 남을 돕지 않게 됐다고 했다

해리 홉 튜링은 여전히 C구역에서 대부업을 이어갔다

사케집 키보가 문을 닫았다

D구역의 제조 기업 연합회 소속 기업들은 은행을
고소하려 하였으나 A구역에만 몰려 있는
모든 로펌들의 비웃음을 샀다*

찰리는 A구역의 빵집을 인수했고
리처드는 B구역을 떠나 D구역에서 배달업을

시작했다

리처드의 길은 무한하다

샘은 자신이 알고 있는 것을 A구역의 중앙부에

알리려고 백방으로 뛰어다녔으나 관리들은 그 누구도

관심이 없었다*

오히려 샘은 지방 관청에 호출돼 이탈자가 물어야 할

벌금 폭탄을 맞았다

줄리는 교수직을 버리고 오로지 하나를 추적하기로

했다 바로 구름이다

제이미가 버스에서 내려 월세 아파트에 도착하기 전에

은행들은 '위험회복기회'라는 상품을 대규모로 판매

하기 시작했다*

D구역의 정론지라 우기는 D위크지에 따르면

이는 10년 전에 나왔던 '마지막 기회'라는 또 다른 이

름의 같은 상품에 불과하다*

제이미는 자신의 아파트에 도착하지 못했다

＊"10조 달러 상당의" "집을 잃었다" "모든 로펌들의 비웃음을 샀다"
"그 누구도 관심이 없었다" "상품을 대규모로 판매하기 시작했다" "또
다른 이름의 같은 상품에 불과하다": 영화 「빅 쇼트」 엔딩 문장들. 나
머지 문장들도 이 영화에서 영감을 받았다.

흑백 화면

시를 흑백으로 쓴다 색을 버리고 덜어내고

긁어낸다

마라토너가 달리기에 중독되어가듯이 고독도

오래되면 중독된다 거짓 위로들로 가득한 부산함들에

앗기지 않으려 한다

흑과 백으로 나뉘는 집과 골목들 가로등과 바다 파도

색이 숨어 있다지만 색은 믿을 수 없다 그곳에

철로가 놓인다 새 한 마리 깃털에서 푸른 잉크를

흘리며 나뭇가지에 날아 앉는다 나는

아무래도 검은 심장을 가진 것 같다 심장이라는 시어를

좋아하진 않지만

씀으로써 버릴 수 있다

검은 배관 구멍에서 허연 김을 내뿜는

이 도시를 보라

기적이 일어나지 않는 도시의 천장들

기적을 믿지 않도록 설계된

이 도시를 보라

그곳에 강이 설치되어 있다

슬리퍼 수건 물티슈 양말

이것들을 흑백으로 사 들고

암 병동 꼭대기로 올라가는

저이에겐 지금 색이 없다

나는 지금 그간의 우리 동네에서 색이 없는

내 동네로 가고 있다

이곳에선 아무도 울부짖지 않는다

이곳에선 이제 정상도 없다

정상이 그저 그런 것일 뿐인 것을

알아차려버렸다 이 진술도 진부해

우리가 우는 곳은 우리가 슬픔을 설치해놓은

곳이다

적당히 울지 마라 나는 자꾸 이 말을 듣는다

한번 울면 다 울어라

이 말까지 들었다

사실 흑과 백은 번진 것이지 나눌 수 있는 게

아니다 흑은 멈추지 않는 색이다

어느 순간에도 착해지지 않기로 한다

그것이야말로

흑과 백이니까

이것은 가질 수 있는 눈이다 또다시
흑과 백으로 나누어지는 아침을 맞는다
그리고 그것은 고양이의 시력이기도 하다

그림자놀이

무엇이 마음을 빌려 가 공놀이하는가 복숭아처럼
단단하다 짓무르게 놓아두었는가

모든 순간의 그림자 지구에서 가장 많은 무릎을
만들고 있는 대나무 숲에서 길을 잃었는데

이 많은 무릎을 딛고 올라간 것들의 울음들
대나무는 무릎을 얻는 대신 속을 버렸구나

만물에 바구니를 내밀어 슬픔을 꽃씨 받듯 받아
왔는데 운동장만 하게 커져버린 슬픔

홀로 걷는 내 길을 내 뒤에서 누가 잘라 가고
잘라 가 어느 창고에 버린 뒤 헝겊으로 가려놓은 듯

분명 가까이 왔다고 생각했는데
반으로 줄어든 게 서 있다

너는 파도의 그림자를 본 일이 있니

바다에서 흰 물은 바다가 오를 때
생기는 것이다

그때 수만의 물구멍도 생긴다 저도 모르게
속을 비우며 오른 대나무들처럼

아무도 일생을 살다 올게, 하고 온 것은
없다는 것이다

말하라, 하며 바람이 분다

문선공 文選工

어떤 도둑에 대한 문자를 찾고 있어요
완성될 책이 작위적이 되어서는 안 되겠기에

이 말도 여기서 배웠지만 세상에 작위적이지 않은 게
어디 있겠어요

그는 활자들을 뽑아 들고 어디로 가져갈 것인가 이
물음은 오히려 우리 같은 이가 세상의 저자들에게
묻고 있는 것이랍니다

어떤 가을 하늘의 빛에 대한 글자들을 찾고
있어요 휘발되는 글자가 아니라 쿡쿡 찍히는
그런 자음 옆 모음들을요

여기쯤에서 끊겼던 필름에 대한 문장을 찾고
있어요 뱉어낸 핏덩이 같은 거

활자들을 뽑아 들고 창가 쪽으로 다가가는
그를 번번이 놓쳐요

마음만은 늘 1분에 40자를 찾는 거죠 뭐

날아가는 거 말고 박히는 것을 찾아요

그래봤자 발견되느냐 발각되느냐 그 차이
밖엔 없지만요

고통

그에겐 목적이 없습니다 11월의 나무처럼 그도
가야 하니까
가긴 가야 하니까 잎 내고 가지 내고 잎 집니다

갈 수 없습니다

당신은 갈 수 없는 곳이 많아졌다 하지만요 그는
아무도 찾지 않는 곳에서 살았다고 생각합니다 앞으
로도
그럴 것입니다

그에겐 목적이 없습니다 살아 있으니 살아갑니다
말해야 할 것과 말하지 않아야 할 것은
다음에 얘기합시다 그땐 두 가지 말이 다 바뀌어 있을
것입니다

당신 없이도 1월엔 눈을 맞으며 서 있지만 11월엔
같이 서 있기도 합니다 이해란 설명하는 것이 아니라
뒤돌아서 걷는 것이라지요

그는 갈 수 없습니다

별스러운 결과 없는 과정으로서

이런 일투성이로 서 있습니다

괴로워라 하지만
아아 이런 날도 다시없을 것입니다

옛,

옛,이라고 첫 발음을 떼려다가
그만두었다

옛,이라고 하는 순간 앞의 사람이
울고 있었다

투명한 빛을 가진 술잔엔

옛,이라는 벚꽃잎이
옛,이라는 집과 창문이
옛,이라는 사랑이

땅거미처럼 다가와서 사태沙汰 졌다

발음만 해도

흘러 무너진 곳이 다시 무너지는 곳

그곳이 옛,이었다

2부

척尺

고작 수십 년 뒤에 아무 가치도 없을
것들을 위해 전철을 타고 화를 내고 울고
고작 몇 달 뒤면 아무 마음도 없을
일에 먼 곳까지 가고 가지 않고
아니 눈 한번 질끈 감을 사이
잊혀버릴 나의 것들을 위해
눈물을 두고 왔다고 생각하고

나는 자를 가질 수 없다
꽃들은 피고 벌은 나는데
더 이상 내가 생각하지 않도록
멀리 더 멀리 질주하는 마음들에게
다만 나는 아무것도 잴 수 없는
자를 보낸다

나는 불안을 말하면서 사랑을 시작하는 것처럼

불면不眠

신경이 곤두서는 밤이면 창밖 나무가 나무 속에 나무를 품는 듯 감정의 높이는 물결처럼 일어서 그만 나의 문명도 무너지고 나의 인류도 세기도 끝나 나는 높다 나는 높아서 나는 자꾸 올라서서 따라오지 못하는 슬픔의 높이를 아득하게 내려다본다 흰 실들이 날아와 아침을 엮는 거라면 허공에 만든 계단 나여! 끝까지 기다려서 실낱같은 연緣을 만나면 다시 손가락들을 올려 그 실을 뜨라

숲속에서

거미는 액체로 된 줄을 따로 뽑는다는데
이것은 거미줄에 걸린 나방을 감싸는데
쓰인단다
끈적한 줄이라는 거지 방적 공장을
여러 개 가진 거미 새끼가 공중에 최초의
줄을 쏘아올린 후 그 줄을 타고 갈 때의 공기역학을
무어라 불러야 하나
인간의 재능이기도 한 눈물은 늘 따로 뽑을
수 있는 것과 없는 것 사이에 있지만
많이 운 자 옆에 가면 건조하고
딱딱해진 그의 영혼이 느껴지지
어쨌든 아무리 깊고 깨끗한 숲속이라도
거미줄은 도처에 있는 법
새들과 나무들이 모두 노래할 때
인간의 걸음으로
숲속에서 노래라도
한 곡 하려면
사람의 목이 다 닳아야 한다는 이와
에이, 그냥 부르면 되지 하는 이가
동시에 생각나지

셋방 있음

수갑도 없이 들어갔던 감옥을 내놓습니다
간혹 햇빛에 널어 말렸고
붉은 벽돌이 그려진 벽지도
발랐습니다
기껏해야 한 생의 자세를
생각해서 들어간 감옥입니다
낡은 침대며 깨진 거울까지
미리 짐은 다 뺐습니다만,
심심해하실까 봐 버려진 화분
하나 업어 와 살려놓았습니다
소철나무 화분은 거리에서 살며,
병따개며, 잘린 신용카드를
받아놓고 있습니다
혼자 살았던 감옥을 내놓습니다
사람보다 먼저
무기징역을 받은 감옥이지요
그까짓 노역형
앞으로 백 명의 설움쯤은
수면 고문만으로도 진술을 받아줍니다

사랑했던 감옥을 내놓습니다

나는 모범수였고

다시 자유를 외치는 잡범들의 거리로

이송됩니다

뾰족구두를 따라가는 바람과

길을 가로막고 서는 오월의 바바리 나무들

이 감옥에서 살면,

집과 감옥이 모두 나쁘지 않습니다

여기에서 조그만 창밖을 바라보며

한 생의 자세를 생각하면 먼 곳에서

길들이 두껍게 이곳으로 흘러들어 오는

게 보입니다

갓 출소해 어두워진 두부를 씹는

별들도 보입니다

어두컴컴한 벽을 질러야, 갈 수 있지만,

나한테 똥 싸고

검사도 되고 의사도 되었다고

깨진 변기가 늘 꼬르륵 목이 잠기는,

밤하늘도 잘 보입니다

쑥

나는 창문 숭배자였다 자취방이 철거되자,
작은 창문을 들고 나올 정도였다

학교를 졸업하고 새로 얻은 집 창고에
넣어두었던 그 작은 창문을

어느 날 뒷산으로 가 묻었다
해마다 쑥이 돋는 자리였다

목성의 기호는 ®
쑥은 목성의 정기를 주머니에 넣고
아주 센 향을
얻는다고 들었지만

다시 겨울이 가면
새로 솟을 쑥은 지난해 늙어
죽은 쑥과는 다를 거라 생각했다

해마다 모두 내가 묻은 창을 닫고 나올 거라,

생각했다

그리고 그 창문은 다시 땅속에서
조금씩 열릴 거라고

창에 비친 어둠의 깊이를 달고 나올 쑥들

나오며 박수를 치고 나오지 않았을까
지구를 지배하러 나오지 않았을까

산수유

날개는 얻었으나, 한 번도 날아
나뭇가지 위에 앉아 있지 못한 노오란 병아리들이

사막을 건너와서 다시 사막에 앉은 감별사가 와서

다치고 병든 암컷들과 수컷들을 가려내 그라인더로
갈아버린 노오란 병아리들이
오늘은 한 나무를 만나 종종
거리며 앉아서는

거기는 어떻소?
노오란 숨을 내뿜으며
수십 수만의 병아리들이

시끌시끌거리며,
거기는 살 만하오?
(일동 웃음)
노오란 병아리들이

스스로 날개 한번 펴지 못한
노오란 명줄들이

매화와 다투기까지 하면서,
꽃이 아니라, 그 무엇으로든

우리도 있었다고, 우리는 있겠다고

귀엣말을 하거나, 붙고 또 붙거나

샛노란 봄 마당을 내어놓는다

마당은 이렇게도 건축되는 것이다

이빨들

도끼는 꿈꾸는 것들에 속했다
도끼를 가지지 못한 자는 죽어
백지가 되어야 했다

내가 찾는 도끼는 누군가가
제시해놓은 도끼들에 없었다
나는 매번 백지 상태였다
희디흰 엉덩이를 그냥 내놓은
상태였다

썩지 않는 도낏자루를 해마다
만들었지만
알은체해야 했지만 모르는 체해버린
갑작스러운 만남처럼
슬그머니 저수지에 던져 넣을
도끼날도 본 적 없었다

금도끼는 아무것도 쪼갤 수 없다!

평생을 도끼에 대한 사념에 시달렸다
도끼는 어디 있는가 도끼는 누구의 것이
되어야 하는가
도끼는 내게로 와서
엿이 되었다

나는 찾지 못한 도끼
도끼 생각만 해도 쩌억 벌어지는
희디흰 엉덩이를 까 보일 만한
저수지만 맴돌았다

도끼만 가득 빠진 저수지
내 입속에 다 있었다

사월

1

1년에 꽃 날이 며칠인가
꽃 붉은 날에는 밤도 하얘지리

2

눈물만큼 큰물이 없긴 하지 넓이는 또 어떻구
글쎄 그 물의 언어들을 가져다가 네가 썼으면
좋겠어 미세먼지 속 봄비 해마다
사월은 심상치 않아 밖에 봄볕이 지천인데도
봄볕이 자꾸 입 사이로
새어 나가네 산수유는 피었다가 아니라,
산수유는 꾀였다로 고치고 있어
너는 꽃이 될 수 있다고 먼저 피어서
안 되면 쪽 수로 승부하라고
사는 게 나아질 리가 없는데 노루는 가고
해마다 귀만 남아서 노루귀도 피고 봄이 왔는데도

다음 해의 봄이 걱정인 습지에 가보는 습관이 생겼지만

후후 너랑 나랑 술잔 놓고 앉아서

오지 않는 생 그게 비였다면, 기우제를 지냈겠지

그게 비라면 말이지

이런 소리나 혼자 하고 돌아왔으니,

돌아오니 여긴 비바람 쳤고 글쎄 며칠 사이

파인 고랑 돌담 밖으로

벚꽃 1년이 흘렀더라

산동반점

잘 지내고 있습니다 잘 지내는 일은 닿아보지 못한 언덕
그러니, 잘 지내고 있다고
답을 해줍니다
갈 수 없으니, 가는 게 아닙니까
저녁에는 저녁을 맞이하고
밤이 흘러가는 광경을
바라봅니다
기차가 지나갑니다
가로등이 켜집니다
비도 내리고 눈도
내립니다 사람들이
나랑 상관없이 싸우고 나에겐 묻지도 않습니다
한 사람은 아예 웁니다
퍼질러 앉아 우는 경지가 나는
부럽습니다
사람이 울 때는 멀리멀리
동네를 돌아갑니다
잘 지내야 합니다 잘 지내는
일은 한 번도 해보지 않은

숙제 떠날 수 없으니, 떠났습니다

절벽이란, 눈앞의 벽마저 아래로

무너져 내린 것

나는 잘 있어요 나 있는 곳은 오! 혼자 있는 곳

잘 지내시길 잘 지내시는 일은

내가 눈 감고 만져보려는 풍경

골목 앞길

비닐 랩을 쓴 중국집이

크고 먼 나라를 감추고 있습니다

흰 개

어쩌다 냉동 공장 마당으로 들어온 흰 개는 구석을 돌며 비닐을 입으로 뜯어 모았다 눈치를 챈 지게차 이 씨가 입고 있던 스웨터를 벗어 비닐 위를 덮었다 흰 개는 그 자리에서 새끼 여섯 마리를 낳았다 탑차 박 씨가 아직 채 흰 개의 자궁에서 빠져나오지 못한 새끼를 손으로 빼내었다 그 강아지는 나오고서 얼마 안 돼 죽었다 순간 하얘졌던 그 시간은 지났지만 모두가 개해에 개가 들어와 새끼를 낳은 것은 길조라고 떠들었고 젊은 사장은 은행 대출 금리를 계산하며 죽은 한 마리 강아지를 얘기했다 며칠 후 강아지 한 마리가 또 죽었다 이번엔 어미의 발에 밟혀 죽었다 했다 생긴 건 꼭 진돗개 같다고들 했지만 흰 개는 순했다 야밤에 공장 점검을 가도 짖지 않았다 흰 개가 낳은 여섯 마리의 개는 모두 흰 개였다 살아남은 네 마리의 강아지는 힘차게 어미의 젖을 빨았고 하나둘 눈을 떠갔다 어디서 이런 눈동자들이 오는지 그 시간들의 색은 무엇인지 흰 개에게 묻고 싶어졌다 흰 개는 짖지도 않았고 신음 소리도 식탐도 없었다 묵묵히 해야 할 일들 이를테면 주는 사료를 열심히 먹고 수시로 새끼들에게 젖을 주는 일들에만 집중하는 것 같았다 구내식당에서

만나는 이웃 사장들이 어이 거기는 이제 개판이 다 되었
다매라고 해도 흰 개는 정해진 시간에 마치 조용하면서
도 천천히 타오르는 오리나무 장작처럼 다른 존재로 선
명해져갔다

섣달그믐

꿈을 꿨더라 배질에 물 자국 난 물길 잊고 참을 수 없는 뱃사람처럼 봄날 저녁 발정 난 형인지 동생인지 하는 사내가 찾아왔더라 그 사내를 데리고 갯가 횟집을 찾아나섰더라 버스도 타고 지도도 보면서 찾아갔더라 발정 난 사내는 그 사내인지 나인지도 모르지만 얼굴이 붉었더라 횟집은 바깥 등도 밝히고 손님은 우리밖에 없었는데 달도 없는 캄캄한 바다 아래에 새 바다가 있는 듯 물결은 사납게 뒤치더라 사내는 자꾸 여주인 손금 봐준다 하고 여주인은 귀찮은지 무채만 썰더라 손님은 우리밖에 없었는데 틀어놓은 텔레비전에선 말들이 경주를 하며 달려 나가고 달려 나가고 있더라 사내는 자꾸 손금을 봐준다 하고 여주인은 마지못해 손을 내밀더라 분내가 나더라 꿈이었더라 살과 뼈 속을 다 회 쳐놓았는데도 접시에 담긴 광어의 눈이 살아 있더라 통점도 없이 광어는 살고 싶은지 입을 뻥긋거리더라 아, 하고 여주인이 사내의 입속에 회 한 점 넣어주더라 아, 하고 나는 잊은 듯 일어나 근처 은행에 현금을 뽑으러 나섰더라 그러고 보니 그 사내는 한 번씩 꿈에 찾아오는 사내였더라 오토바이를 타고 오기도 하고 등산 배낭을 메고 오기도 하였더라 현금을 주머니에 넣고 나는 돌아 나오는데 그만 길을 잃었더라 갯가 횟집을 잃었더라 이 골목도 아니고 저 골목도 아니더라 바다도 보이지 않는 전혀 다른 동네더라 전봇대 뒤에 숨어 잃어버린 나를 그 사내가 보고 있는 것만 같더라 왠지 갯가 횟집 텔레비전 속에선 경주마 대신 잃어버린 내가 달려 나가고 달려 나가고 있을 것만 같더라

독백

그자가 귀신같은 말을 하는 자라면 산 자인 내가 들을
것이다 산 것들은 늘 말하지만, 우리가 듣지 않고 우리는
늘 길 위에 있을 것이라, 하지만 그렇다고 길 위에만 있겠
는가 그대에게만 했던 말들을 그대에게만 하지 않는 게
이즈음의 내 저녁이라네 벚꽃 문체를 잘 쓰는 문사文士
가 와서는 구름은 무겁지만 하늘과 땅이 어쩌지 못해 기
다린다, 하였네 물과 물 다음의 세계라 하였네 잘 있게
봄에 와장창 벚꽃들이 공중을 깨버리고 한 번에 피어난
것은 벚나무들이 온몸이 검어지도록 제 벗을 울어온 덕
분이라네

유서

계빈국* 왕이 난조 한 마리를 얻었으나/3년간 울음소리를

듣지 못했다/부인이 말하기를/난조는 동족을 만나야 운다

하니/거울을 달자 하였다/이에 왕은 거울을 달았다/거울을

본 난조는/슬피 울기 시작하더니 밤새 춤을 추다/스스로

목숨을 끊었다

(푸른 난조 고사)

— 영화「자객 섭은낭」중에서

모든 유서에는 모두에게,라는 뜻이 숨어 있다 모두가, 그때서야

드러난다 자객처럼 숨어 있던 모두가, 햇빛을 등지고 나타난다

* 지금의 아프가니스탄 수도 카불 일대에 있었다는 고대 국가.

그렇다면, 연희야

그렇다면 나는 달려가서 한 사내를 밀치고
줄다리기에 끼어들겠소 한 번 주고 한 번 당기는
일이니 죽고 사는 일이 이와 같지 않겠소 해변
주막은 실시간으로 저물고 있소 봄날이라 산 너머
동네엔 와불을 짓는다 하니 한번 다녀오리다 그대가
있는 동네는 내 수천 번도 더 그려 우물가에 물도
첨벙일 수 있고 여름날 봉숭아꽃잎 손톱 밑으로 붉게
파고들게 할 수 있소 허나 오늘 밤도 그대의 뺨에서
나는 늘 미끄러지오 글쓰기 조심하소* 그대의 편지
에 한 세월이 담장을 넘어가오

어제는 쓰지 않았다오 술잔에 마침 벚꽃잎이 떠 있었
기 때문이었소 봄비를 따라온 수금이라는 악기가 입김을
불어주는 듯했는데 그만 꽃에서 환해져 튕겨 나온
희디흰 음音의 벚들이 술잔에서 울지 않겠소 먼 곳
의 사람이 울면 여기 나도 그럴 수밖에 당신이 말한
불우가 자꾸만 씻어내는 환한 뜨락에 나는 졌지만 그
덧없음의 가락에는 질투가 났다오 문밖에는 바다 바
로 바다가 있소 그런 날이면 써둔 시를 고래처럼 해체해

다른 시로 다시 지었다오 어쩔 줄 몰라 하는 낱말들에
깊이 박힌 못들부터 뽑아야 했다오 문밖에는 바로 바다

어제는 쓰지 않았다오 한 번 오지 않는 시절은 두 번도
세 번도 오지 않는다오 유배란 스스로 지은 것 두 번은
기다릴 것 없지만 바다에 이르러 불행이란 가지 않는
것 가는 게 아닌 것이라는
생각들이 떠도는 것을 보오 나는 문득 당신을 잊을까 봐

어제는 쓰지 않았다오 세상의 농담濃淡들은 담장 밖
에서 진을 치고 나는 먹물처럼 흘러내렸다오 종이 바
다 종이 집 종이 물고기 들이 내 곁에 있을 뿐 문득 모든
것을 잊어버릴까 봐 다시 종이를 펴고 글쓰기를 조심하
오 여긴 꽃잎의 여린 뼈들이 대지를 넘어오는 술잔의 바
다로 크게 날아 묻히고 있다오

* 담정 김려(1766~1821)가 유배 생활 중 그의 연인 기생 연희를 생각
하며 쓴 시 「연희가 타이르던 말」에서 따옴. 그의 문집 『사유악부』에
수록돼 있음.

아프리카

바다를 보고 사는 아프리카 나라들 사람들은

한국에서 조기를 잡는 배가 오면 착취 착취! 한다고

한다

착취 착취! 하면서 일하고 웃는다고 한다

50년이 넘었다 한다

나도 착취 착취! 하면서 쓴다 일요일을 다 쓴다

착취 착취! 하면서 쓰고 웃는다

3부

검은 개인

만인에 의한 만인의 만인*이 흩어졌다 다시 모이고
만인의 펜과 만인의 마이크를 쥐고 만인을 향해 소리
지른다 만인이 만인의 먹살을 쥐고 만인이 만인을
비웃으며 만 잔의 술을 비운다 이럴 때 만인은 각자의
만인 각자의 만인끼리 사랑하고 헤어지고 비난하며
뛰어다닌다 나는 개인이라서 만인을 경멸하자는 게
아니다 나는 만인이라서 만인을 지긋이 바라보고
그곳에 있으면 좋겠다는 개인을 생각한다
한 개인의 걸음 말이다
저녁이란 게 늘 이렇다
창밖 풍경이란:

* 토마스 홉스(1588~1679)가 표현한 '만인에 대한 만인의 전쟁'에서
따옴.

검은 개인

부끄러운 일을 덮기 위해 또
부끄러운 일을 벌이고
부끄러운 일을 잊기 위해
다시 부끄러운 일을 한다
사업이 그렇고 혁명이 그랬고
문장이 그렇다
지금 이 순간
나도 검은 개인으로 남을 것이다

이 도시의 살롱 드 바에 가면
고리를…… 꼬리를…… 잘라야 한다
나는 나로부터 기어 나온 나의 고리를
안개가 자주 끼는 이 강의 도시
하수구와 시궁창을 흐르고 고이는
나의 고리를
검은 개인
내게 가는 길도 멀다
혀가 없어 목의 기관을 끌어내놓은
바다 생선처럼

나에게서

살롱 드 바로 이어진

길고 긴 저녁이 생긴다

너무 길다 이 저녁

검은 개인

흰 것들은 다 북극으로 가는구나 북극곰 북극흰여우
북극에서도 북쪽으로 가는구나

도끼도 없는데 얼음이 스스로 무너지고 있으니

나 검은 개인
검은 무리가 아니라 검은 개인

검은 것들은 갈 곳이 없구나 검은 곳에선

간다 해도 다 똑같은 흑염소가 되니

겨우 흰 것들의 코와 눈 발바닥으로 가는구나

나 검은 무리가 아니라
검은 개인

북쪽을 많이 얘기했던 후배 시인의 장례식장 나 검은
개인

북극만 생각하고 있었으니

가지고 갈 것은 살아서 꾼 꿈뿐

그 꿈마저 흰 곳으로
흰 곳은 언제나 북쪽이었으니

아침마다 흑염소즙을 쭉쭉 마셔대며

나 검은 개인
어떤 사태도 끌어안고 밥을 먹는 사람

검은 개인

불에 탔지만 타지 않은 돌 속을 상상하고
있었답니다

과연 타지 않았을까, 하구요

멀쩡해 보이지만 그
술집에선 모두 웃으면서 슬픔을 얘기합니다

밖은 불타고 안은 멀쩡한 욕망 같은 거

오래전 진주에 갔을 때 '울지 않고 흰 것에 대해 말하
기'
라는 시를 보았어요

제목이 너무 좋다고 했는데 오래도록
그 시는 세상에 나오지 않네요

세상은 그런 걸까요

나와야 하는데 나오지 않는 거죠

(먼저 나온 것들일까 봐)

어떤 지방에 가면
이를 악물고서 말을 해야 하니까

그곳에서 조약돌 하나
쥐고 돌아왔습니다

검은 개인

물이 끓는다 겨울 난로 위
눈이 내려서
여기에 있다
창밖으로
눈이 내려서
너는 손을 입김으로 불며 늦게
온다 눈이 내려서 너는 말한다
구두 위 묻은 눈을 털어내려 한쪽 발로
문 입구를 탁탁 치며

——그 도시에서는
내 얘기를 내가 해야 해

갑자기 그게 그렇게 슬프더라

이후의 극장

극장에 가지 못하는 병이 생겼다

눈에서 귀로 가는 신경이 끊어졌다는 진단

극장에 가면 영화가 뒤집혀

구토가 나오다니

극장을 작게 만들어

들여다본다

눈과 귀를 다독이지만

입안 가득 고여오는 반항감!

극장에 가지 못한다

여전히

우주는 우주를 태워 우주를 날아가고

나는 나를 태워 나를 만든다

그것이 내가 있는 극장

극장 속에서 극장에 가지 못하는 나를

당신들이 볼 것이나

도처로 가서

말할 테다:

이봐 난 극장의 저주에 걸린 유일한 자라구!

극장이 거부하는 유일한 자라구!

이후의 극장

침 뱉은 골목길을 다시 걸어야 하듯

돌아온 봄날을 다시 걷는다

지방 신문사 앞 중년이 된 선배 기자는

어이, 연필 칼로 기사 오려 대판에 붙이는 신문은

이제 없어 그러고

나는 다시 걷는다 구름이 천천히

지방 관공서 지붕에서 도시 공원 연못 위로

옮기듯 어느 저녁 쏟은 술병의 술이

다시 입술 사이로 들어온다

어이, 아직 거기 있는가 없어 보인다는

말을 나는 하지 못한다네

나는 상심하여

이 덧칠마저 벗겨진 세계의 벤치에

주저앉는다 나는 상심하였다네

침 뱉은 우물에 다시 두레박을 내린 채

이후의 극장

1

차고 외로운 일이 필요했다 겨울 교실 흑판 같은 거라
고 외웠다
잊어버리기 전에 죽어서도 쓰겠다고 각서를 쓴 뒤였다
집에 사는 이 말고도 늘 주인이 따로 있다는 것을 알렸다
주택가에 내리는 비와 똑같은 물줄기의 비를 따라왔
다고
진술했다 희디흰 봉투 같은 침묵도 내밀었다
이게 다가 아니라고 낮게 속삭였다

2

혼자 가는 게 내게 좋은가 고독이 내게 이로운가
담배 사야지 사케집을 발견했는데 준마이 긴죠가
사람 이름인 줄 알았던 스무 살 이 집이 내게 좋은가
식구가 왜 있는가 나는 금세 이 세상에
온 것 같은데 신과 미인과 길만 있다면

누구나 사람이 되는 어느 작은 동네를
지나가는데 대꾸하지 않는 나무와 화분과 철문 들
담배 사야지 담배가 내게
해로운가 사케집을 발견했는데 그곳엔 귓속의 돌을
잃어버려 오른쪽이지만 수평으로 돌다가 어느 날
부터인가는 수직으로 머리 뒤로 벽과 지붕과 지구
전체가 날아간다는 가끔씩 그렇다는 주인과 그의
아내가 있고 담배 사야지 저녁은 왔고 술 마시러
가야 하는데 나는 내가 아니고 어느새 사케집 주인이
되어 그의 아내를 사랑하고 그의 버릇대로 발을 두 번
땅에 구르고 침을 뱉고 나는 누구인지 나는 담배를
사야지 담배가 내게 대꾸하기 전에

이후의 극장

혼자서는 살 수 없다
그래서 필사적으로 혼자 살았다
따라갈 수 없는 날이 많았다

자기가 감당이 안 되는 사람이 있었다

나도 언젠가 이런 날이 올 줄 알고
두려워하며 살았지라고
얘기하고 싶었다
매번 오늘이 그런 날

속에서만 밀고 털고 가야 할 것이 있다

가령 이런 물음?
나는 당신에게 늘 별 만 개는 주었는데
어쩌자고 당신은
내게 별 세 개 혹은 네 개만 주시는지
그리고 네 개 반은 또 무엇인지

경리외전經理外傳

경리는 침착했다 새벽마다 외제 차에 도사견을 매달고
천천히 달리는 어느 사내에 대해 눈에 핏줄이 터지는
어떤 밤들을 다루는 법에 대해 경리는 지켜보고 있었
다 경리 아닌 일이 없고 경리 아닌 자가 없는
어느 건물의 고요함에 대해

경리는 생각했다 회색의 계절이 오면 쓰는 자가 되어
야지 한 번 쓰면 말이 되고 두 번 쓰면 정의가 되고 세 번
쓰면 소멸되어버리는 어떤 입술의 것들을 경리는 그날따
라 일찍 퇴근했다

경리는 납골당에 모습을 드러냈다 원피스 차림이었고
죽기로 결정했고 죽고 난 다음의 세계와 매일이 늘 마지
막 날이었던 세계와 매일이 늘 첫날이었던 세계를 조그
만 항아리에 담아왔다 그 항아리 안에 사탕과 돈을 넣어
두면 영혼이 생길 거라고 믿었다

경리는 사람을 찾으러 다녔다 아, 하는 소리가 저절로
나오는 사람 상대편에서도 아, 하는 소리가 나는 사람 늘

먼저 가서 기다려버려서 만날 수 없었던 사람 피아노처
럼 피아노처럼 기다려야지 중얼거렸다

경리는 산算하고 산한다 산한 것들을 모아 계를 낸다
날이 저문다 아무것도 가지지 않고 있다고 생각했지만,
산하고 산한다 변할 게 없고 변하게 할 수도 없다 경리는
……눈물이 툭 하고 떨어진다 경리는 산하고 산한다
경리는…… 산하고 산하면서, 산하지 않는다 눈물을
가진 것들
웃는 눈을 가진 것들은 산하지 않는다 알 수 없다
계는 마음을 가진다

경리는 느낀다 어떤 아침에는 몸이 한없이 길어진다
길게 길게 바다를 향해 길어지기도 하고 하늘로 치솟아
오르기도 한다 어떤 날은 몸이 한없이 넓어지기도 한다
넓어서 수심 5천 미터의 바다를 가둘 수 있을 것 같기도
하다
경리는 쓴다 마침내 계절이 다했고, 계절이 다시 왔다
반복은 계속 불빛을 켜는 것 경리는 반복한다 말을

아껴야겠다 그 입 다물라의 입이 아니라 말이란 분홍과
붉음을 베어 문 입술의 일이라 생각하면서,
아 아득한 봄날의 그 짧게 연했던
분홍과 붉음들의 일이라

축사

어릴 때 나는 고기를 먹지
않았다는 사실을 술과 고기를 먹을 때마다 떠올린다
건물 전체가 노래방인 건물을 내다
보며

식당 벽면에 붙어 있는 벽화 사진
시골길 축사 주인은 간 데 없고 축생들이 여물을 씹고
있다

소들은 씹고 게워내고 씹고
한다지. 축생은 축생의 환장이 있는 법

노을을 바라보며 여물을 씹고 있는 소들을 바라보고
있으면

수의사가 와서 내 몸속에
손을 쑥 집어넣고서는
거꾸로 박힌 내 축생 또한
끄집어내는 듯해

건물 전체가 똑같은 노래를 부를 것
같은 건물을 내다보며

이 고기 먹는 생이 아프고
질기고 아프고 얼얼하고
다시 아프다

나는 수의사의 손처럼
취한 채 어둠 속을

사손이 형

선천적으로 손가락 네 개를 가진 형과
일한 적이 있다

엄지가 없는지 검지가 없는지를 알아보기란
쉽지 않았다

억센 힘을 가졌으나 단추를 잠그는 일
술병을 따는 일 젓가락으로 콩을 집는 일을
하지 못했다

선친이 급하게 차린 살림에 꽃무늬 벽지를 바르듯
자기를 낳았다 했다

세상은 늘 삼세번까지라며
손을 감추는 동작이 너무 빨라
그의 손을 자세히 본 사람은 없었다

나는 내 이들이 형의 손과 같다 말했지만
우리 같은 사람은 누구나 급하게 벽지를 바르듯

산다고 에둘렀지만

그가 손을 내밀지 않는 이상
그의 손을 자세히 보는 일이란
아무도 없는 방에서 꽃무늬 장판이 일어나버리는
일들이 있어야 할 것이라고 추측했다

장소성*

시집 표지 디자인은 문학과지성사와 창비
문학동네와 민음사의 장소성이 다 다르다

의외로 창비는 귀족적인 유럽형 주택의 거실에
놓였을 때 어울리고 문지는 술상을 엎는 뒷골목 선술집
탁자 위가 어울린다

문동은 카페나 꽃집의 벽면이나
탁자 위가 제격이고 민음사는 야외 바닷가나 숲속 정
원이
제집이다

그냥 그렇다는 얘기다 세상이 그렇다는 얘기 외에
무엇이 더 있을 것인가

그 장소와 한없이 떨어지지 않으려는 색과 책등들

시집 표지는 말한다 일격과 이빨은
어떤 상관관계인가

일격을 노릴 장소는 어디란 말인가

그렇다면 헤어진 사람과는 헤어지는 게 아니었다

헤어진 사람과는 한사코 떨어지지 않으려는
저녁의 모든 장소들

* 어떤 일이 이루어지거나 일어나는 곳. 미술에서는 미술 작품과 그
작품이 놓여 있는 장소를 따로 떨어뜨려놓고 생각하지 않으려는 시도.

물의 이미지

서울역에 내려 지하도 건너 남대문까지 걸어
가다 보면 모두가 구멍을 손으로 막고 있다가 나온
얼굴들을 하고 있다

그들의 저수지는 늘 둑방에 구멍이 나고 우리의 대지는
늘 물보다 낮아서
네덜란드 소년처럼 팔뚝으로
버티다가 나온 얼굴들을 하고 있다

간혹 손을, 팔을 버리고 떠난
가족들이 생겼다 그들의 저수지는
넘쳐 이웃들에게 흘러갔다

물속에 가라앉았다가 시체처럼 떠오르는
잎이여

우리의 위에 있는 물의 저수지 햇빛을 받아
윤슬로 반짝이지만

옆구리에 호스를 달고 누워 있는 병실의 사내처럼
사는 일은 물에 쏠리다가 쏠리다가
그만 구멍을 내줘버린 것

우리의 대지는 늘 물보다 낮아서
가득 검은 눈썹을 비껴 눈에서 넘쳐흐르네

대부분의 일은 아침에

물이 얼어 날카로워졌어요
빌딩들은 흘러내리죠

여기에서 뭘 배웠을까요
문제는 풀어야 하는 것이 아니라
이기는 것이라는데요

책을 깎아 문장들만 손에 올려봅니다
저녁이 곁에 있구요
내가 나와 내가 나를 바라봅니다

언제부터 있었을까요 아침에 눈을 뜨면
수십 년의 기억이
뛰어옵니다

나는 다시 나를 알아차리죠
내가 발명한 나를 내가 지시한 나를
자전거는 기고 달팽이는 달립니다

당신이 내가 하지 않은 말을 했다고 했는데

나는 문득 부끄러웠습니다

4부

달밤에 체조

우리는 늘 개인이 위치한 자리를
찾아다녔다
우리의 지붕에선 내려앉은 밤의 부근들이
마쳐지지 않는다
우리는 당신이 셀 수 없을 때까지
표정을 생산하지
우리는 개인이다
당신이 알아차리면 사라지지
우리는 늘 개인이 위치할 자리를
찾아다녔다
우리의 창에선 달빛조차 마쳐지지
않는다
귀가란 원래 없었던 것이다

새해

1

뉴스는 가짜였고
가짜 같은 진짜인 당신이 진짜 같은 가짜를
얘기한다

:

우리는 이해해야 할 대상으로서 우리를 봤다 사막 같
은 가슴을 가지고 우리도 이해해야 할 대상으로 창밖의
걷는 사람들을 바라본다
결국엔 아무것도 모르면서 서로를 잘 안다 하였으니
여기 이곳에는 태어나지 않는 사람이 너무 많았다

2

새해로군요
(그의 목소리는 늘 그랬다)

그가 공기를 찢으면서 하는 말이,
내가 하고 싶은 말은 이미 다 했어요
그 말은 큐브 속에 있는 말이죠
이렇게 저렇게 맞추고 돌리고 배열해도
속은 들여다볼 순 없지만
어쨌든 잘하면 가지런들 해지니까
그런 말을 듣고 싶어 한 건 맞으시죠

어떤 이에겐 쓰레기 같은 날일 뿐인데
새해가 왔다 깨진 유리창 너머 세계로
처진 채소를 가득 실은 트럭 행상이
지나간다 낡고 녹이 슨 트럭은 거친
짐승 같아서 수공예의 신이 온들 손쓸 수
없을 것이다 바지가 벗겨진 채 발각되는
사내들이 우글거리고 그리고 떠나온
여행자들 위에서 불타는 건 노을뿐이니
가지도 오지도 있지도 않을 듯 방파제에
몸을 연결하여 앉아 있는 것은 잠시 기다려보는

것이다 그것이 당신이든 나 자신이든

완전히 다른 존재를 그리고 그 존재의

신발을 벗겨버리는 것이다

겨울밤

먼저 산 것들을 다 지나가게 하면서
밤은 깊어진다
오늘 밤의 성별은 여왕이다
충직한 신하들이 눈물을 흘려
얼음으로 창을 만들지만
늙고 오래된 보초들은
더 이상 창을 들지 않는다
이 추위는 힘이 세서 강한 게
아니라 힘을 잃어버려 강한 것이라고
여왕은 채찍을 휘두르지만
먼저 산 것들을 다 지나가게 하느라
보초들은 이미 여왕을 기억하지 못한다
창들이 바닥을 향해 얼고 있다
모멸이여 모멸이여 모멸이여
눈을 들이대는 것들이여
밤 불빛들을 세며 벽을 짚으며
밤늦게 일 마치고 돌아가고 있을 그대여
그 겨울밤
네가 아무것도 되는 일이 없었으므로
나는 너를 사랑하였다

마음의 작동

버튼을 누르면 되는데 버튼이 몇 개인지
몸의 어딘가에 권총 몇 개가 있는지
마음이 작동하지 않는다

그런 날이면 샤워를 오래오래 한다 마음이
씻기기라도 하려는 것처럼 물결무늬가
마음의 두부 각을 무너뜨려
지우고 백지 같은 밤을 펼쳐 보이기라도
하듯이

1년간 일곱 가지 기다림은 성사되지 않았고
세 가지 악재는 나타났으나

열심히 산 대가가 이것이냐고 사람들은
말하지만

열심히 살수록 이루지 못한 것들이
무장무장 확장되지

오늘은
시를 고쳐 쓰다가
절대로 집을 고쳐 짓지 않는다는
거미가 생각났다

에이, 고쳐 쓰던 문장을 버리고
구겨진 한 페이지인 채 밖을
내다봤다

거미는 날아가지 걸어가지 않는다

백지 곁 물 밑의 악어처럼
그가 다시 쓰고 있을 텐데

그 생각으로 나는 당신들에게 사과하러
갔는데 모두가 제 기억이 다르다 한다

몽롱만이
전깃줄에 걸린 풍선을 날리리라

낮달

낮달이 떴다
북한산 국립공원 입구 위로
낮달이 뜬 게 아니라 나타난 거라면
여긴 절벽이다
낮달은 하나의 기호인지도 모른다
저 낮달 아래에 있는 지붕들에 대한
주석이 어딘가에 달려 있는지 모른다
만지면 사라지는 나뭇잎도 있고
만지면 두꺼워지는 길도 있고
만지면 의미를 잃어버리는 게 창밖의
세상만은 아닐 것이다
일행의 머리 위로 낮달이 떴다
사는 데 해설이 필요한가
일행의 이야기는 너무나 작아서
보이지 않을 뿐
아름답지 않은 건 아니다
보이지 않지만 작고 강력하고
낯선 이야기들
그 위의 낮달은 하나의 기호인지도 모른다

본문을 쓸어낸 책 한 권의 무늬들

그 저녁의 마음은 충분했을까

문득 달을 보다

누가 손바닥 위에 달을 받아 물속에
놓아준 듯
바닷속에 빠진 달

그때 왜 노래는 하는 게 아니라
흐르게 하는 거라는 문장이 떠올랐을까

난민처럼 벚꽃이 휘날리는 봄밤이었다

무슨 고함인 양 바다로 나가는
배 한 척 없이

보트 피플이 되어버린 채

물에 빠져 죽는 배우의 연기를

재현해보고 싶어졌다

두 손을 모으자

물속에 풀리는 달의 지느러미들

말[言], 말, 말들

어제 마시려고 했던 술병을
오늘 꺼내 마시는 것처럼 날들이 흘러갔다
모호한 말들을 꺼내 죽 나열했다 그것들은
도미노처럼 서 있었다 모호한 게 좋을 수도
있겠다 싶었다 의미 있는 날들에 대해서는
한 줄도 쓸 수 없었다 의미 없는 날들에
대해서만 쓰다가 잠이 들었다 인연이 없는
도시에 놀러 가는 게 기다려졌다 부드러운 붓을
꼿꼿이 세워 해바라기 한 그루가 핀 언덕길을
그린 다음 자전거를 타고 가고 싶어졌다

미세먼지를 마셨더니 감기가 왔다 감기가
왔는데 빈 마당에 꽃 핀 것 같다 핼쑥한 얼굴을
하고 창밖을 바라보던 이가 떠올랐다
아름다운 것은 불안해 보인다 감춘 것엔 의외로
별것이 없다 오늘이 무슨 날인가
어제 쓰려고 했던 편지를 꺼내 오늘 다시
쓰려는 것처럼 날들이 오고 있다 말을 적게
하자 말들이 튀어 올랐다

어제 하려고 했던 말
말들은 반짝였다
아직 살아 있으니까
불완전한 죽음처럼

원대한 포부

술을 마시면 원대한 포부가 생긴다 술을 마시면 꺼멓게 잊고 있던 옛사랑도 온다 창문을 열고 온다 창문이 사라진다 술을 마시면 사람들은 술을 마신다 내가 아는 세계는 창문을 통과하고 있다 술을 마시면 없던 용기가 의인화되어 곁에 서 있다 함께 가자고 말한다 술이 꾸불꾸불한 언덕을 넘어가고 있다 나무에 눈을 그리면 사람이 된다 벽에 귀를 달면 사람이 된다 술을 마시면 용감한 상징들이 입속에서 터진다 가슴은 아니라고 한다 나는 세계를 통과하고 있다 창문은 창문을 통과하고 있다 술을 마시면 술을 마셨는데 내가 마신 술은 술이 아니라고 한다 물이라고 한다 물에 물을 탄 것이라고 한다 세상에 물타지 않은 게 없구나 물 타지 않은 세상이 잠깐 창문을 기웃거리다 간다 누가 내게 자꾸 물을 탄다 나는 지나치게 짜거나 검다 쓸데없이 회의적이다

나의 저녁은 왜 전체가 되는가

5백 창문의 지배자
수천 잎의 언어
끼요, 하고 나는 매의 절벽
부분이었던 오후 4시가 기울어
어둠이 한 소녀의 재능처럼
쾅 터지는 그곳
당신이 기다려만 준다면

나의 저녁은 전체가 된다
나의 저녁은 왜 전체가 되는가

너는 마치 부메랑처럼 떠나는구나

사실 아무 데도 가고 싶지 않았던 것이다
기침 같은 날씨들이 생겨나고, 생겨났던 것이다
그때 팍, 그때 하늘 한번 올려다보고 팍
쏟아야 했던 것이다
너무 멀리 갔는데 돌아왔다는 소문을 믿은 때가
없었던 것이다 너무 멀면 못 돌아온단다
고무 주둥이를 입에 물고 풍선 속에서
돌아오라 돌아오라고 여행의 말들을
힘껏 불었던 것이다
아무 데도 가고 싶지 않았는데
먼저 가고 있는 것들이 생겨나고, 생겨나고
있었던 것이다 이미 가고 있는 웃음이
있었던 것이다
대부분은 왜 이 거리에서만 돌아오고 돌아와야 하는지
고무 주둥이를 물고 풍선을 몇 개나 만들어야
할지 돌아오면 서로 감기를 달고
다시 기침 파티라도 하자꾸나

도서관

도서관은 밤이 되어서야 이 시市에 온다
낮의 그곳은 관을 닫고
누워버리는 것들로 가득하다
먼지가 된 잎들이 곱게 접혀 있는
반양장본 금박에서는
죽은 자들의 문장이 갓 씌어진 포즈를 취한다
산 자들은 아직
노래하면서 웃는 것과 노래하면서
웃지 않는 것으로
일행一行을 나눌 수 있다
일행이라니! 겨우 같은
길이라니! 도서관에서는
밤이 흰 시간을 바라보고 있다

히치하이커

자본세 말기에 이르러 나는 자세한 설명을 듣지
않기로 한다 은하수에 이어 저녁만 여행하는
히치하이커가 등장하고
오늘은 태어난 집과 살았던 집과 살고 있는 집이
없는 사람들의 모임

저녁의 시는 거리에서의 박수와 아이스크림이 국가에
대한 저항이라는 나라가 있다는 걸 떠들어대는 것과
같은 것

자본세 말기에 이르러 나는 자세한 설명을 하지
않기로 한다 누군가는 물 위를 딛고 선 자가
있다고 하나 누군가에겐 소금쟁이에 불과한 것

달리 뜯어 열어보아야 할 것들
나보다 먼저 간 자 나보다 먼저 쓴 자들이
누 떼처럼 늪지대로부터 이동하는 것을
지켜보고 있다

자본세 말기에 이르러 나는 내게서 희망과
절망이라는 말을 폐기시키려 한다 처음부터
없었던 게 많았다

저녁의 시는 집에서의 박수와 아이스크림이
국가에 대한 묵인이라는 나라가 있다는 걸 떠들어대
고 있는 것과 같은 것

자본세 말기에 이르러 나는 자세히 보지 않기로
한다 퇴근하자마자 나는 폐기시킨 희망과
절망을 다시 쓴다 그리고 나보다 늦게 오고
나보다 먼저 가는 자들을 향해 손을 들어 엄지를 세운다

길고 두꺼운 순례길에 세운 엄지 하나

사물들

식탁은 뾰로통해져 있다 다리를 떨고
짭짭,거리며 밥을 먹고
오늘 저녁도 사내는 취할 것이다

화가 난 창은 그만 닫아줄 것을
시위하고 있다 비바람이 들어오고 있다

혼자 자는 침대는 오늘도
흐트러져 있다
네 맘대로 해라고 나는 침대를 읽는다

두 개의 의자는
친밀하다 한 의자가 엉덩이를
받들고 있는 동안 서로
다른 의자에 앉아 있는 사람을 지켜보고 있다

실내에서 마르고 있는 흰 와이셔츠 한 장이
잠시 몸을 비튼다
와이셔츠는 나의 애마다

입으면 달릴 수 있다

아직 열려 있는 창문 5월의 바람은 달다
시설관리공단 여러분
이 바람의 당도를 낮춰야 한다

피아노 피아노는 음을 간직한 채
희디흰 이빨들을 드러내고 있다
그 속에서 음악이 나오지 않으면
무엇이 솟구치리

나는 대문을 열고 무화과 밑에 당도한
밤을 접어본다 사람이 아니면
접을 수 없는 밤이 쌓여 있다

11월

춥다 이상한 경계를 넘어가는 것
같다
이제 아무도 극장 앞에서 사람을
기다리지 않는다
아무도 극장 앞에서 꽃을 들고
서 있지 않는다
극장은 거대한 건물 속으로 들어가
버렸다
머플러를 한 여자와 넥타이를 맨 사내가
싸운다 여전히 극장이 있는 건물 앞에서
누군가는 이를 악물고
누군가는 주차권을 쥐고
서성거린다
비좁은 2평 복권방의 사내는
더 이상 주저앉을 곳을
없애버렸다
그 좁은 벽의 달력
바깥으로 첫눈이 내린다
춥다 눈이 그치면

나도 돌아갈 것이다

눈이 그치면 별은 흐르는 것이다 생각하고

다시 달빛은 부서지는 것이다 생각할 것이다

저수지

달력에 노란 포스트잇을 붙이듯,

이제 봄,이라고 말해준 당신

그때 나는 당신 허락 없이 걸어 들어간 어떤 사내이고

싶진 않았죠

아프지 않았다면 수몰된 저수지 버스 표지판과 구멍
가게가

아직 물속에 있네요

말할 수 없었던 집이 있고

밤 기차가 있고 버려진 기타가 있었네요

그때 당신은 영혼이 일치하는 사람이

세상에 있을까요,라고 물었고

나는 만약 당신과 내가 그러하다면

당신과 나는 이미 저수지에
젖은 몸으로
떠올랐겠죠,라고 대답했죠

이제 강물은 솟고 새들은 떼로 날아와 앉을 때

누가 당신은 어디 있느냐고 묻는다면

당신과 내가 만약 각자 이 물음을 듣는다면
저수지 떠난 당신과 나 사이에 떠 있는 저수지

5부

한강

　겨울 강이 그렇게 시원한지 몰랐다 그렇게 섭섭한지
도 차고 푸른 것이 피곤한 다리 아래로 흐른다 차고 맑은
것이 차고 도도한 것이 내가 그렇게 뜨거운 것인 줄 몰랐
다 나는 산 아래에 살며, 먼 곳을 담당하고 있다 그렇게
아주 먼 곳을 책임지고 싶다 기적은 누워 있는 게 틀림없
다 일어난 적이 없다 기적은 파래지거나 붉어졌다 당신
은 영원이라 했지만 그것은 지루한 시간에 불과하다 시
간이란 해는 쫓아오는데 우리는 밤으로부터 달아나는 구
도 잊어주겠다 하며 한 사람이 오래 앉았다 일어설 것만
같은 강이 흐른다 어제도 오늘도

속초

휴일의 바다는 격하게 출렁거린다
영원히 함께할 수도 없고 잊을 수도 없는
땅의 이야기를 갖고 있다는 듯이

눈앞에 이랑이 생기면 비의 흔적 곁에
시린 눈밭의 냄새가 오고
객지에서 겨우 왔던 구와 절은
검은 비닐봉지 속에서 구겨졌다

내가 썼던 문과 장은 흐트렸던 산과 문은
물결 위의 일이었는데 단문은 북어처럼
걸어 말리고 복문은 내장째 푹푹 삶아
내어놓아도

한 사람은 한 사람으로 가방을 든 채 떠나가고
내리는 눈의 냄새만 남았다 이와 같이 커다란
인내는 두려운 것 도대체

인간의 고단은 어디에서 출발했는가

주자 휴일의 바다에 와서

근래에 오는 입추의 설움이란

다음 날에 다음 날에 다음 날에 다음 날에

마산

사월 마산에서 황사를 맞는다 사막의 일국에서도
간자間者가 있었다면 귓속말이 이 모래에 섞였을까
사납지만 허무한 모래 장수라도 된 듯, 이제는
문장 속에서만 펼쳐볼 수 있는 사람들이 있다
이 항港에선 모두가 혁명에 실패한 사람처럼 말하는군
귀를 채우는 귓속말들이 물렁한 두부를 내어놓는
견고한 두부 공장 길로 쌓인다 너는 이 정도고
나는 이 정도임을 남쪽 썰물 곁에 와서야
뱉어놓는다 바다로 들어가는 말들. 바람의 낭인들이
봄꽃으로 쓰러지면
분석과 이해로는 어쩔 수 없는 먹먹함이
바다로 가고 바다가 뭍이 되려다
실패한 봉암 갯벌이 개조개의 살처럼
발끝에서 빠진다 이 항에선 모두가 혁명에 취한
사람처럼 말하는군
사월 마산에서 황사를 맞는다 같은 이야기를
가지고 있지만 다른 이야기를 하러 우리는 왔는데
혁명은 기차가 다니지 않는 철길을 내보였다
나는 기적 소리를 찾아보겠다

통영

낡은 조직들과 싸우다 제거된 건달처럼
바다에 도착합니다 나는 모르지만 이곳
사람들은 바다의 방을 잘 압니다 나무는
산을 느끼죠 나도 이곳 사람들을 느낍니다
가진다는 느낌을 알고 싶어서
계속 살았던 걸까요
아름답다라는 말이 아름답다고 생각했던 걸까요
서로 말없이 앉아 한참을
바다만 볼 수 있는 사람을 그립니다
지금 저녁 바다는 해안선이 너무 낡아서 새로워진
청바지처럼 드러눕습니다

하동 매화 농원

섬진강 물은 물이 물을 가느다랗게 뽑아 다시 물에게 주는 그런 강이었네 물속에선 벚굴이 벚나무를 기다리지 벚나무가 달아오르면 배웅으론 보낼 수 없는 씨들이 패각을 딛고 물에 쓸린다네 떠밀려 가지 않도록 굴은 각角을 여러 겹 밖으로 흘려놓는다지 언덕 위 온 산 매화가 다 피어도 한 번 더 흘려놓는다네 따로 벚굴이라 하였겠는가 벚꽃만 기다리다 필요 없이 어깨만 부푼 것을, 벚굴이 벚꽃을 의식하는 일 나는 그것이 우리가 먼 곳을 감당하는 방편이라 여겼다네 나도 여기 패각인 듯 있다가 출발하네

산책자

바다를 만나면 바다를 팔짱 끼고 돌아 나가고 돌담을
만나면 돌담을 밀며 걸어 나간다 마치 이것밖엔 모른다
는 듯이, 바람이 오면 바람을 닮은 채로 나도 불어가고
강을 만나면 윤슬이 반짝이며 가는 곳을 세어본다 내가
당신을 좋아한다는 말은, 내가 당신을 좋아하는 일이 이
거리를 흘러다니며 계속되고 있다는 것이 아닌가 나는
그것만으로도 충분하다

검은 개인이란 무엇인가
—카오스를 찾아서

김대산
(문학평론가)

모호한 말들을 꺼내 죽 나열했다 그것들은

도미노처럼 서 있었다 모호한 게 좋을 수도

있겠다 싶었다 [……]

　　　　　　　　　　　　　—「말(言), 말, 말들」 부분

부끄러운 일을 덮기 위해 또

부끄러운 일을 벌이고

부끄러운 일을 잊기 위해

다시 부끄러운 일을 한다

사업이 그렇고 혁명이 그랬고

문장이 그렇다

지금 이 순간

나도 검은 개인으로 남을 것이다

──「검은 개인」(P. 70) 부분

　'주기율표'를 구성하는 이른바 '화학원소'들을 통한 시적 형상화를 시도했던 『밤의 화학식』(중앙북스, 2016)이라는 독특한 실험적 시집으로 오랫동안 기억될 깊은 인상을 남겼던 성윤석 시인의 이번 새 시집 속에서 수수께끼처럼 떠오르는 일차적 물음은 이것이다.── 도대체 "검은 개인"이란 "모호한 말"은 무엇을 의미하는가? 혹, 그것은 "밤의 화학"과 어떤 특별한 연관성을 갖는가?

　'검음'과 '밤'은 어둡다. '어둠의 인지'는 '은폐성과 비-가시성의 드러남'이다. 드러난 어둠은 순전한 감춤이나 숨김이 아니다. 어둠이 보여주는 것은 오히려 '비-은폐성'과 '다른 가시성'의 가능성이다. 어둠은 '감추면서 드러냄'의 조건이다(만일 '상징 작용' 일반을 '감추면서 드러냄'으로 이해한다면, 상징에 기초한 활동은 '어둠 속에서 발생하는 은밀한 소통의 활동'이라고 말할 수 있을 것이며, 그러한 구체적 상징 작용의 '의미'를 창조적으로 인지하려는 활동을 '상상'으로 이해한다면, 상상은 '어둠 속에서 빛을 이끌어내려는 지향성 속의 활동'이라고 말할 수 있을 것이다).

　하지만 왜 '밝음'이 아니고 '어둠'인가? 왜 '하얀 개인'이나 '낮의 화학'이 아닌가? 아니, 도대체 "검은 개인"과 '하얀 개인', 그리고 "밤의 화학"과 '낮의 화학'은 어떤 관계 속에 있는가? 물론 이런 방식의 질문들은 쉽게 '이분법적 흑백논리'에 지배당하는 '정태적 이원론의 사고방식' 속으로 오도될 수 있다. 이때의 정태적 사고방식이란 언제 어디서나 상호 외재적이거나 상호 배타적인 '고체적 실체들'과 그것들 사이의 '외적 관계'만을 보고자 하는 '불활성적-관성적 경향성'이다(가령 '원자적 구조 모형의 가설'을 통해 자연적 세계의 모든 것을 설명하려는 과학적-철학적 이론은 그러한 고체-실체적 사고의 경향성으로부터 나왔을 것이다). 하지만 그러한 고체적 사고의 습관적 경향성 속에서는 "검은 개인"의 관계적 의미가 제대로 드러날 수 없을 것이다. 성윤석의 시들은 그러한 경향성에 반하여 '숨겨진 역동적인 관계성'에 대해 암시한다. 예를 들어, 다음을 보자.

> 사실 흑과 백은 번진 것이지 나눌 수 있는 게
> 아니다 흑은 멈추지 않는 색이다
>
> ─「흑백 화면」 부분

말하자면, 여기서 흑과 백은 서로 분리되어 고정된 흙(혹은 고체성)보다는 상호 침투적이고 유동적인 물(혹은 액체성)이나 공기(혹은 기체성)나 불(혹은 열)의 관점에서 표현되고 있다. 흑과 백이 그러한 관계적 유동체로 파악될 수 있을 때만, 그것은 멈추지 않으며 번지기나 스며들 수 있다. 또한 "검은 구름에서 흰 눈은 여전했다"(「2170년 12월 23일」)와 같이 일견 특징 없어 보이는 특징적 표현에서도 볼 수 있듯이, 이 시집의 도처에서 반복적으로 등장하는 흑(어둠)과 백(밝음)의 대비적 관계, 그리고 그 본질적 관계성 속에서 강조되는 '흑(어둠)의 일차적 중요성'은 오직 '어떤 형성 과정 속에 있는 관계적 유동체'의 관점에서만 이해될 수 있을 것이다.

검음이나 어둠이나 밤은 그 안에서 어떤 은밀한 형성적 관계 속의 생성이 고요하게 발생하고 있는 카오스적 모체다. 그런 면에서 볼 때, 어느 먼 미래의 흐린 겨울 저녁에 대해서 말하고 있는, 어둡고 암울하기까지 한 표제작 속에서 순간적으로 반짝이는 "검은 구름에서 흰 눈은 여전했다"라는 표현은 '카오스로부터의 지속적 생성 과정'에 대한 매우 적절한 비밀스러운 이미지를 출현시키고 있다. 물론 여기서 어떤 '비밀스러운 이미지'를 보는 것은 과장이나 착각이나 환상처럼 보일지도 모른다. 도대체 "검은 구름에서 흰 눈은 여전했다"라는 문장에서 어떤 비밀스러운 이미지가 떠오른다는 말인가? 형태 없던 투명한 공기가 천천히 흐려지며 생겨나와 가볍게 공중부양한 채로 자유로운 형태의 끊임없는 순환적 생성, 변형, 소멸, 재생을 보여주고 있는 '구름 덩어리들'과 그 속에서 엄밀하고도 명료한 구조적 질서를 보여주는 육각의 결정형태들로 산출되는 '눈들'로부터 그 어떤 '카오스적 생의 비밀스러운 이미지'가 떠오른다는 말인가? 여기에 무슨 '비밀'이 있는가? 이때 '카오스적 생'이란 무엇을 의미하는가? 그리고 만일 '이미지'가 '가상'이나 '허상'과 연관된다면, 그때 '카오스적 생의 이미지'란 오직 '비-현실적인 비-존재'이기만 한 어떤 것인가?

'이미지적 현상'(혹은 '현상적 이미지')이 존재한다. 그렇게 존재하는 이미지의 현상은 현실적이면서 상징적이면서 상상적이다. 그것은 지각, 기억, 상상을 통해 나타나 존재적 비-존재(혹은 비-존재적 존재)로 살아간다(생성, 변형, 소멸, 재생의 순환적 형성 과정 속에 있는 '이미지의 은밀한 생'이 있다). 지각-이미지와 기억-이미지와 상상-이미지는 한 개인의 감각, 사고, 느낌, 기분, 감정, 욕망, 의지의 활동 속에서 서로 구별되면서도 분리되지 않고 겹쳐지며 '본질적인 내적 연관성'을 가질 수 있다. 그렇게 서로 다른 이미지들은 분리되어 고정된 실체적 사물들이 아니기에 '다른 것이 아닌 오직 그것(?)'일 수만은 없다. 그러므로 가령, '흰 눈의 이미지'는 눈이면서 눈이 아니다(비-눈이다)! 예컨대, 눈은 소금(비-눈)이고, 소금은 눈(비-소금)이다. 그 둘이 '하

양'이라는 속성을 공유하는 것을 통해 연상 작용을 일
으키며 연합되기 때문만은 아니다. 그 둘 모두는 전통
적인 '카오스적 전체'의 상징인 '검은 바다'(혹은 '검
은 하늘')로부터 '결정화'를 통해 개별적 형태를 얻으며
'침전'되고 '하강'하는 '개별화 과정'을 대표한다. 물론
이때 눈과 소금이 보여주는 하얗거나 투명하고 명료한
결정화, 개별화는 (가령 탄소 결정체 중 하나이며 그 자
체로 완벽한 완결성을 자랑하는 다이아몬드처럼) '고체
적 광물화'를 극단적으로 고집하지 않으며, 언제든 카
오스적 전체로 다시 '용해'될 준비가 되어 있다. 그리고
그렇게 명료한 결정 구조를 보여주는 자연적 형성 과정
에서 인간 자신의 사유와 인식이 형성되는 과정을 보는
것은 결코 인간중심적인 의인화나 자의적 주관성의 투
사가 아니다. '자연적 눈과 소금'의 형성 과정은 일시적
으로 명료한 형태로 고정될 수 있으면서도 다시 유연하
게 흐를 수 있는 '인간적 사고'의 운동과 형태가 발생하
는 내적 인식 과정에 유비적일 수 있으며, 그때 '개별적
인간의 사고와 인식'은 '본질적인 관계성 속에서 상호
침투하는 세계의 전체성'과 분리될 수 없는 형성적 활
동으로 나타날 수 있을 것이다.

　여기서 '눈'과 '비-눈'이라는 이분법적 분류와 함께
가는 동일률('눈은 눈이다')과 모순율('눈은 비-눈이 아
니다')이라는 '배타적이고 부분적(파편적, 실체적, 비-관

계적)인 법칙(혹은 원리)'은 느슨해진다. 이때 중요해지는 것은 파편적이고 원자적인 부분들을 한곳에 끌어다 모아놓은 것으로 표상되는 '집합적인 양적 전체의 구성적 부분들'이 아니라 '본질적인 관계성을 내포하는 실적 전체성을 대표하는 부분들'이다. 전체가 부분보다 중요하다거나, 부분이 전체보다 중요하다거나, 전체가 없으면 부분도 없고 부분이 없으면 전체도 없으므로 전체와 부분이 똑같이 중요하다고 말하는 것으로는 충분하지 않다. 특히, 그러한 서로 달라 보이는 관점들이 사실은 모두 동일하게 '전체는 부분보다 크다'라는 관점, 혹은 '물리적으로 측정될 수 있는 수나 양의 관점'에서 전체와 부분을 서로 분리시키거나 외적으로만 관련지으며 '내적인 질적 전체성, 혹은 카오스적 전체성'을 은폐시키고 있다면 더욱 불충분하다. 전체가 부분보다 수나 양의 면에서 많거나 크거나 강한 힘을 가지기 때문에 더 중요하다고 생각한다면, 그때 전체는 질적인 측면이 전혀 고려되지 않은 채 부분과 분리되어 부분을 억압하는 양적 지배를 행하는 전체다. 혹은, 어떤 독립적인 원자적 요소들처럼 이해된 개개의 부분들이 먼저 존재하고 그것들이 특정한 방식으로 모여서 비로소 어떤 전체를 구성한다고 생각한다면, 그때 각 부분은 사실 그 자체로 이미 어떤 전체로 이해되는 역설 속에 있는 무엇이며, 그럼에도 '부분들의 합을 통해서는 결코 도달할 수 없는 질적 전체성'이 고려되지 않은 채 전체와 분리되어 있는 부분이다. 혹은, 전체와 부분의 '상대주의적 성보성'만을 보면서 전체와 부분이 똑같이 중요하다고 생각한다면, 그때 전체와 부분은 어떤 균등성과 균질성 속에 있게 되고, 따라서 전체와 부분의 질적 구별이 무의미해지면서 질적 전체성과 분리되지 않으면서도 그것과 구별되며, 그것을 대표할 수 있는 부분(의 이미지와 상징) 또한 은폐되고 만다.

이러한 '전체와 부분whole and part'(혹은 하나와 여럿 one and many, 통일성과 다양성unity and diversity)에 대한 적절한 이해의 어려움은 결국 '개인과 사회'나 '나와 세계'의 본질적 관계성을 이해하는 일의 어려움과 연결되며, 무엇보다 여기서는 이 글의 시작 부분에서 성윤석의 시집에 대해 제기했던 수수께끼 같은 물음인 '도대체 "검은 개인"이란 무엇을 의미하는가'에 대답하는 일(혹은 작품의 전체와 부분을 해석하는 일)의 어려움과 연관된다. "검은 개인"이란 어떤 방식으로 '전체와 부분'의 관념과 적절하게 연관될 수 있는가? 이 의문을 풀어줄 어떤 단서를 성윤석의 시들은 보여주고 있는가? 가령, 다음의 시에서 읽어낼 수 있는 '전체와 부분'의 의미는 무엇인가?

　5백 창문의 지배자

수천 잎의 언어

끼요, 하고 나는 매의 절벽

부분이었던 오후 4시가 기울어

어둠이 한 소녀의 재능처럼

쾅 터지는 그곳

당신이 기다려만 준다면

나의 저녁은 전체가 된다

나의 저녁은 왜 전체가 되는가

──「나의 저녁은 왜 전체가 되는가」 전문

　이 시가 말하는 "전체"와 "부분"은 앞의 의문을 해소시켜주기는커녕 오히려 더욱 증폭시키기만 하고 있는 게 아닌가? 이 시가 말하는 "전체"(와 부분)는 이미 어떤 혼돈, 혼란, 무질서, 무의미, 인식 불가능성 속에 있는 게 아닌가? 하지만 검음, 어둠, 밤, 카오스, 전체의 연관에 대해 이미 앞에서 말한 것처럼, "어둠" "저녁" "전체"와의 연관성 속에서 형성되는 이 시의 이미지는 결국 다음을 암시하고 있는 것이 아닌가? 즉 "당신"과 "나" 사이에, 마치 "한 소녀의 재능" 혹은 '재능, 능력, 살아 있는 형성적 힘 일반'이 그렇듯이, 그것이 정확히 어떤 방식으로, 어떤 형태로, 언제, 어디까지 현실적으로 실현되거나 실현되지 않을 것인지 결코 미리 판단

할 수 없게끔 그것의 '현실태와 잠재태'가 본질적인 관계성 속에서 서로 속속들이 뒤엉켜 상호 침투하고 있는 '현실적 삼재력'(혹은 미래의 가능성)으로 존재하는 '카오스적 전체성'.

물론 이러한 해석은 이 시의 전체가 아닌 부분에 근거한 해석처럼 보인다. 하지만 '양적'으로는 '부분적'이지만 '질적'으로는 '전체적'일 수 있으며, 그때 '(질적) 부분은 (양적) 전체보다 크다(본질적 중요성을 갖는다)'라고 말할 수 있다. 그럼에도 여기서 여전히 '질과 양quality and quantity'의 이분법적 분리가 문제될 수도 있을 것이다. '질'만 중요하고 '양'은 아무래도 상관없다는 말인가? '양'에도 어떤 '질'이 있지 않은가? 가령, '약'이나 '독'의 '양'(농도나 배합 비율)은 그 '약성'이나 '독성'을 실현시키는 데 있어 결정적 중요성을 갖지 않는가? 혹은, 가령 서사시와 하이쿠, 혹은 장편소설과 단편소설의 질적 특성의 구별에서도 그 '분량적 형식의 측면'은 중요한 역할을 하고 있지 않은가? 물론 그렇다. 하지만 여기서 강조되어야 하는 지점은 이때의 '양의 중요성'이란 어떤 질적 특성, 의미, 구조, 형태(형식, 형상), 의도, 목적 등과의 본질적 연관성 속에서만 획득될 수 있다는 것이다(그리고 어떤 비례나 비율의 관계 속에 있는 양은 질적 관계를 떠나서 존재할 수 없다). 특정한 양에 따라 특정한 질이 결정되는 것이 아니라, 특정한 질에 따라 특정한 양이 결정된다. 그러므로 양적 전체와 질적 전체가 이분법적으로 분리되는 이유는 일차적으로 양적 전체가 질적 전체와의 본질적 연관성을 잃어버린 채 부당한 우위를 차지하는 경우가 많기 때문이다. 그리고 바로 그렇기에 '질적 전체성'은 '양적 전체, 혹은 최대나 극대의 양을 통해 완전히 실현된 펼쳐짐'이 아닌 '질적 전체성을 감추고 있는 최소한의 양, 혹은 마치 한 점이나 씨앗과 같은 극소의 양(거의 양이 아닌 질 같은 양)에 집중되어 접혀 있음'일 수 있다(마찬가지로, '질적 무한'이나 자유로운 실현을 기다리는 '잠재적 무한'이 '양적 무한'이나 '유한' 속에 접혀 있을 수 있다).

그러므로, 다시 작품의 해석으로 돌아가자면, 이 시집의 특정 부분들(한 해석자의 입각점에서 질적으로 중요하게 부각되는 부분들)에 집중하는 것은 결코 전체를 무시하는 일이 아니다. "수천 잎의 언어"가 말해주는 것도 그것이다. 왜 그런가? "잎"이란 무엇인가? "잎"은 무엇을 의미하는가? "잎의 언어"는 무엇을 말해주고 있는가? 잎이란 뿌리, 줄기, 꽃(혹은 꽃대, 꽃받침, 꽃잎, 암술과 수술), 열매, 씨앗처럼 식물, 혹은 나무의 한 '부분'이다. 하지만 그것은 정말 '오직 부분일 뿐'인가? "수천 잎의 언어"는 '우리는 식물의 부분들일 뿐이야'라고 침묵 속에서 말하고 있는가? 결코 그렇지 않다! 어떤 의미에서, '식물 혹은 나무의 전체는 잎'이다(식물의 전체는 잎의 변형 과정 속에 존재한다). 잎이 뿌리도 되고 줄기도 되고 꽃도 되고 열매도 되고 씨앗도 되고 떡잎도 된다(꽃은 식물의 형성적 잠재력이 최고도로 강화되고 고양된 잎의 승화된 변형태의 실현이다). 식물 – 유기체의 형성 과정에 결정적 중요성을 갖는 활동인 '광합성(혹은 탄소 동화 작용)이 일어나는 주된 장소'는 '초록의 잎'이다. '대지(어둠), 물, 공기, 하늘(빛) 사이'에서 발생하는 식물 – 유기체의 형성 과정(즉 '미완결적 생성과 변형의 과정'의 관점에서 이해된 식물 – 유기체)에서 전체와 부분은 분리될 수 없이 상호 침투되어 있으며, 거기서 '서로 다르며 대립적이기까지 한 양극적인 형성적 힘들을 능동적으로 받아들이며 성장하고 변형되는 순수한 식물 – 잎의 생명력'은 일방적인 선형적 인과성이 아닌 '순환적이고 동시적이고 양방향적인 인과성'을 갖는 상호 결정적 영향력 속에 있다. 그렇기에 가령 '될성부른 나무는 떡잎부터 알아본다'라는 속담은 한 나무의 전체(한 개체와 그것의 환경 사이의 상호 관계 속에서 주어지는 미래의 가능성 속에 있는 전체)가 그 떡잎 속에 이미 결정론적 현실성 속에서 온전하게 실현되어 있다는 것을 의미할 수 없다. 식물의 전체는 잎이라거나 혹은 (괴테가 보았듯이) 식물의 전체는 잎의 변형 활동 속에 존재한다고 말할 때, 그때 '잎의 전체성'이란 '그 자체로 완결되거나 자기-충족적으로 닫혀 있는 온전히 실현된 하나의 개별적 전체성'을 의미할 수 없다. 다시 말해서, 어떤 질적 전체성을 보여주는 개별적 잎들은 라이프니츠가 말했던 '실체적 모나드(단자)'들이 아니다.

모나드들의 잘 알려진 대표적 특성은 그것들에 '창이 없다'는 것이다. 여기서 발견되는 '개별성'이나 '전체성'의 특징은 '그 자체로 닫혀 있는 완결성'이다. 그런데 사실 '미완결의 상태로 자신과 다른 바깥을 향해 열려 있는 개별성이나 전체성'은 이해하기 어려운 모순적인 어떤 것이다. 왜냐하면 그것은 비-개별성이나 비-전체성과의 내적 관계성을 이미 자신 안에 함축하고 있으며, 따라서 확정되고 고정된 경계들을 가질 수 없기 때문이다. 그럼에도, 성윤석의 시가 말하는 "검은 개인"이나 "나"의 개별성이나 전체성은 '창문 없는 모나드'의 그것이라기보다는 '창문 있는 모나드'의 모순적인 그것이다. 앞에서 인용된 '전체와 부분의 시'의 첫 행은 "5백 창문의 지배자"로 시작되며, 또한 "나는 창문 숭배자였다"(「쑥」)로 시작되는 시나 "나는 세계를 통과하고 있다 창문은 창문을 통과하고 있다"(「원대한 포부」)라고 말하는 시를 비롯해 이 시집에서는 "창문"이라는 낱말이 반복적으로 등장한다. 그러므로 이 시집에서 문제가 되고 있는 개별성이나 전체성은 설령 닫혀 있다 하더라도 순전한 닫혀 있음이 아닌 어떤 것, 혹은 미래를 향해 본질적으로 열려 있는 미완의 가능성 속에서 닫혀 있는 모순적인 어떤 것이다. 앞에서 반복적으로 말했듯이, 그것은 '가오스적 진체성'이다. 하시만 이때 '카오스'란 무엇을 의미하는가?

보통 '카오스'란 '혼돈'이나 '무질서 혹은 비-질서'나 '비합리적인 것' 등을 의미할 수 있으며, 어떤 '부정적인 것'이나 심지어 '나쁜 것'을 의미할 수 있다. 따라서 카오스는 (어떤 좋지 않은 의미에서) '측정되거나 계산될 수 없고 확실하게 알 수 없는 모호한 비-존재' 같은 것을 의미할 수 있다. 그렇다면, 가령 「척尺」에서 "나는 자를 가질 수 없다"거나 "다만 나는 아무것도 잴 수 없는/자를 보낸다//나는 불안을 말하면서 사랑을 시작하는 것처럼"이라고 말할 때, 혹은 「달밤에 체조」에서 "우리는 당신이 셀 수 없을 때까지/표정을 생산하지/우리는 개인이다"라고 말할 때, 그때 의미되고 있는 바는 '순전히 부정적인 카오스'와의 연관인가? 혹은, 「경리외전經理外傳」에서 "경리는⋯⋯ 산하고 산하면서, 산하지 않는다 눈물을 가진 것들/웃는 눈을 가진 것들은 산하지 않는다 알 수 없다/계는 마음을 가진다"라고 할 때는 어떤가?

설령 카오스가 측정되거나 계산될 수 없는 것을 의미한다고 할지라도, 그때조차도 카오스는 어떤 긍정적이고 생산적인 의미를 함축할 수 있지 않은가? 물론 만일 여기서 인간의 감각, 생각, 느낌, 기분, 감정, 의지 등의 활동과 연관된 자연과 세계의 전체를 '측정되고 계산될 수 있는 것'(한마디로 말해서, '유물론적인 자연과학적 지성'의 관찰 능력이나 계산 능력이나 추론 능력 안에서만 객관적으로 증명될 수 있는 것)에 한정하면서 그것을 벗어나는 것은 '알 수 없는 것'(지식이 될 수 없는 것)이라거나 '존재하지 않는 것이나 마찬가지'라거나 '말할 수도 없고 말할 필요도 없는 것'이라고 한다면, 그때 카오스는 '무시되어도 좋을, 회피되어야 할, 인식 불가능하며 무가치하고 무질서한 비존재'라는 선입견적 판단 속에 자리 잡게 될 것이다. 하지만 과연 그것이 카오스에 대한 적절한 이해인가? 가령, 하이데거의 설명을 참조하자면, 카오스란 "시원적으로는 입을 벌리고 있는 것을 의미하며, 측정할 수 없고 지지하는 것도 근거도 없이 갈라져서 열려 있는 것"[1]이다. 하지만 그것은 그저 '모든 것을 집어삼켜 무로 사라지게 하는 혼돈스러운 어둠의 심연' 같은 것으로만 이해되지 않는다. 하이데거는 '니체의 카오스'에 대해 이렇게 말한다.

　　니체는 카오스라는 말로 혼란스럽게 뒤엉켜 있는 것을 가리키는 것이 아니며, 또한 모든 질서를 무시하는 것에

1　하이데거, 『니체 I』, 박찬국 옮김, 길, 2010, pp. 534~35.

서 비롯되는 무질서를 가리키는 것도 아니다. 오히려 그
것은 그 질서가 은폐되어 있는 채로 몰아대고 흐르며 움
직이는 것이나.[2]

예술은 카오스, 즉 은닉되어 있으면서 스스로 넘쳐흐르
는 무궁무진한 생의 충일의 획득을 감행한다.[3]

그런데 카오스에 대한 이러한 긍정적인 이해에 이어
지는 결정적으로 중요한 말은 이렇다. "인식되어야 할
것과 인식할 수 있는 것은 카오스다."[4] 카오스란 인식
불가능한 무질서나 혼돈이 아니며, 오히려 '가장 본래
적인 인식 가능성을 감추고 있는 은폐된 생, 자신을 감
추면서 드러내고 있는 생의 살아 움직이는 질서를 잠재
적 차이들의 구조적 전체로서 내포하고 있는 미묘한 무
정형의 창조적 유동체'라고 말할 수 있다. 차별화되면
서 가시적으로 고정될 수 있는 구조적 형태가 그로부
터 개별적으로 분리되어 나올 수 있지만, 그 자신은 본
질적 관계성 속에서 상호 침투하는 양극적 힘들의 역동
적 균형 속에서 비가시적이고 분리되지 않은 전체로서
존재하는 창조적 생의 모체이다. 그렇기에 카오스 혹은

2 같은 책, p. 538.
3 같은 책, p. 540.
4 같은 책, p. 541.

카오스적 상태는 가령 전체와 부분, 마음과 물질, 정신과 자연 등을 이분법적으로 분리하는 태도를 통해서는 접근될 수 없을 것이다. 카오스의 일차적 특징은 분리될 수 없는 본질적 관계성을 갖는 전체성이다. 그런데 만일 그렇게 이해된 카오스를 어떤 '근원적 물질성' 혹은 '제일질료'(프리마 마테리아)라고 한다면, 그때 그것은 결코 '유물론적 과학'이 '가설적으로 구성한 합리적 이론'을 통해 생각되는 '물질'(정신이나 생명에 앞서 존재하는 순전히 유물론적인 물질, 가령 스스로 운동하며, 그것들이 이른바 변증법적 법칙을 따르든 기계론적 법칙을 따르든, 혹은 우연적이든 필연적이든, 아무튼 상호작용하면서 생명도 낳고 정신도 낳는, '사실상 말도 안 되는 미신적인 마술적 능력을 갖는 미시적 입자들이나 원자들'의 집합체)일 수 없다. 왜냐하면 그러한 '유물론적 물질'이란 이미 물질과 정신의 이분법 속에서 생각된 것이며, 따라서 카오스적 전체성을 결여하고 있기 때문이다. 그리고 거기서는 서로 다른 양극적 힘들, 존재들의 본질적 관계성을 무시하는 이분법 속에서 정신이나 생명을 어떤 궁극적 물질로 환원시키고 나서야 만족에 이를 수 있는 추상적인 사고의 경향성이 작동하고 있으며, '구체적 물질성과 추상적 정신성'이라는 이분법 또한 작동하고 있다.

하지만 추상적 정신성을 통해서는 구체적 물질성이

아닌 추상적 물질성에 이를 수밖에 없으며, 물질과 정신의 이분법적 이원론이 극복된 구체적 물질성에 이르는 실은 '구체적 정신성'을 동할 수밖에 없을 것이다. 그렇다면 카오스, 혹은 제일질료란 구체적 정신성과 함께 결합되어 나타날 수 있는 구체적 물질성일 것이며, 그것은 '자연의 정신, 혹은 정신의 자연'이란 비의적인 이중적 연관 속에 감추어져 있는 '살아 있는 전체성'이다. 그리고 그러한 모호한 이중적 연관의 맥락에서 보자면, 자연적 현상들인 원소들, 광물들, 식물들, 동물들의 생태, 혹은 기상학적이거나 천문학적인 현상을 인간적 형태나 활동과 연관시키는 시문학의 애매모호한 이미지들과 비유들(이른바 의인법, 활유법 등)은 시대착오적인 인간중심주의나 물활론이나 유사-과학과 연관된 허구적인 자의적 수사에 그치는 것이 아니라, 오히려 '살아 있는 전체성으로서의 카오스'를 구체적으로 드러내고자 하는 미학적 방식일 수 있다.

 "우리"("우리는 개인이다"!)가 보기에, 성윤석의 시집 전체에 숨어 있는 "검은 개인"은 '긍정적으로 이해될 수 있는 카오스'(자신을 감추면서 드러내는 은폐된 생의 질서, 즉 개별적 인간의 구체적이고 창조적인 정신적 활동을 통해 '비-은폐'될 수 있는 가능성 속에 살아 있는 전체성)와의 연관성을 잃어버린 '현재의 개인'(즉 유명론적이면서 유물론적인 과학적 지성의 사고방식과 함께 시작된 근대의 개별적 인간)과 그 연관성을 다시 다르게 새롭게 형성해낼 수 있는 '미래의 개인'을 함께 의미한다. "검은 개인"은 카오스와 분리되어 고정된 경계들을 갖는 불변의 개인성이 아닌 '카오스의 흐름과 연관된 생성과 변형의 과정 속에 있는 모호하게 어두운 개인성'을 갖는다. 그러므로 "검은 개인"은 이를테면 "만인"이나 "검은 무리"와 구별될 수 있으면서도 날카롭게 분리될 수 없다(물론 그럼에도 강조점은 "개인"에 있다).

> [······] 나는 개인이라서 만인을 경멸하자는 게
> 아니다 나는 만인이라서 만인을 지긋이 바라보고
> 그곳에 있으면 좋겠다는 개인을 생각한다
> ──「검은 개인」(P. 69) 부분

> 나 검은 개인
> 검은 무리가 아니라 검은 개인
> ──「검은 개인」(P. 72) 부분

여기서 "만인"이나 "무리"와 대비되는 "검은 개인"은 '전체와 부분'의 역설적 관계성을 표현하고 있다. "검은 개인"이 만인이나 무리나 집단이나 사회로부터 분리될 수 없는 이유는 그 모호한 한 개인이 전체에 종속되며 전체를 구성하는 여럿의 부분 중의 하나에 불과하

기 때문이 아니다. 가령 사회(어떤 구성적 집단으로 파악된 사회)는 전체이며 개인은 그 전체의 부분이라고만 할 수 없다. 그렇기에 사회에서는 전체성을 찾지 못할 수도 있으며, 오히려 먼저 일차적으로 어떤 개인에게서 전체성이 발견될 수 있다. 전체성의 출현, 즉 카오스의 구현이나 실현은 '부분 없는 전체, 부분 아닌 전체'(비-개인적 사회성)의 나타남이나 '전체 없는 부분, 전체 아닌 부분'(비-사회적 개인성)의 나타남이라기보다는 '부분 속의 전체, 전체적 부분'(개인적 사회성, 사회적 개인성)의 나타남이다. 따라서 "검은 무리가 아니라 검은 개인"이라는 표현에서 "무리"와 "개인"은 분리되고 있는 것이 아니라 구별되고 차별화되고 있는데, 왜냐하면 그 둘은 여전히 "검은" 카오스(검음, 어둠은 카오스의 상징이다)를 공유하면서 구별되고 있기 때문이다. 또한 그럼에도 "검은 개인"이 강조되는 이유는 무차별적이고 집단적인 카오스적 전체성이 아니라 '개별적으로 차별화된 카오스적 전체성의 출현'이 중요하기 때문이다.

물론 카오스적 전체와 부분의 관계 속에는 쉽게 극복될 수 없는 모순적 역설이 있으며, 따라서 어떤 '전체성의 개별화 과정' 속에 있는 "검은 개인"은 자신 안에서 '모순적으로 대립하는 이중적 특성들'을 의식할 수밖에 없고, 그 대립자적 특성들 사이에서 발생하는 내면적 투쟁의 고통 속에 있을 수밖에 없다. 그렇기에 성윤석의 시들이 표현하는 "검은 개인", 비천하기도 하고 고귀하기도 하며, 절망적이면서도 희망적인 기다림 속에 있는 "검은 개인"의 근본 느낌은 '부끄러움'(자신 안에서 서로 대립하는 은폐성과 비은폐성, 감춤과 드러냄 사이의 갈등과 긴장 속에서 발생하는 느낌!)과 '슬픔'(자신의 미완결성, 불완전성의 자각과 함께 발생하는, 자기 충족적이지 못한 결핍의 느낌!)이다.

그런데 "인간의 재능이기도 한 눈물"(「숲속에서」)을 바깥으로 드러내 흐르게 할 수도 있는 부끄러움이나 슬픔의 시간성은 과거나 현재에만 국한되고 고정되고 닫힌 한 개인의 '주관적 시간성'에 그치는 것이 아니다. 부끄러움이나 슬픔이 '객관적으로 개방된 흐름인 미래의 시간성'과의 연관성 속에 있지 않다면, 단 한 방울의 눈물도 흘러나올 수 없을 것이다. 오직 주관적으로 닫혀 있는 과거나 현재의 시간성만을 갖는 한 개인의 부끄러움과 슬픔은 결코 '온기와 소금기를 내포하며 투명하게 빛나는 유동체적 결정체인 눈물방울의 흐름'으로 '객관화'될 수 없을 것이다('슬픔'은 주관적 정신이나 마음에 속한 반면 '눈물'이나 '이슬'은 객관적 자연에 속한다고만 말할 수 없으며, 그래서 차라리 눈물은 정신적 마음의 이슬이며 이슬은 자연적 눈물이라고 해도 좋을 것이기에, 예컨대, '참눈물'은 '참이슬'이다). '진정한 눈물방울'은 서로 상호 침투하며 흐르는 과거, 현재, 미래의 시간성 속에서 결합된 주관성과 객관성을 통해 드러나는 카오스적 전체성의 표현이다. 그러한 카오스적 전체성과의 연관 속에 있는 "검은 개인"의 개별성은 그저 불변적으로 보존되는 개별성도 아니며, 그저 다른 것으로 대체되는 변화 속에서 소멸하는 개별성도 아니다(어떤 것도 그저 보존될 수 없으며, 어떤 것도 그저 소멸할 수 없다는 것이 우리의 믿음이다). "검은 개인"이 동시적으로 내포하고 있는 현재의 개별성과 미래의 개별성은 '보존과 소멸을 상보적으로 함께 행할 수 있는 전체적 변형의 잠재력을 갖는 한 인간의 개별성'(보존하기 위해서는 필연적으로 어떤 소멸이 동반되어야 하며, 소멸하기 위해서는 필연적으로 어떤 보존이 동반되어야 하는 전체적 변형의 과정 속에 있는 한 인간의 개별성)이다.

하지만 여전히 충분히 이해될 수 없는 그 "검은 개인"의 카오스적 전체성 혹은 카오스적 개별성의 은폐된 코스모스적 생의 의미는 무엇인가? 무엇보다, 지금까지 "검은 개인"과 '카오스'를 연관시키며 행한 해석은 어떤 '과학적 근거'도 없는 자의적인 해석이 아니었는가? 이러한 의혹에 조금이라도 답변해야 할 필요성을 느낀다. 물론 '과학적 근거'라는 말로 유일하고도 확실한 '근거(혹은 이유)의 본질'이 의미되고 있는지 확신하지 못한다. 과학적 근거는 유일한 근거인가? '비-과학적 근거'는 '비-근거'인가? 과학적 근거의 근거, 혹은

'근거의 근거'는 무엇인가? 시문학을 포함한 '비-과학적 예술의 근거'는 무엇인가? 시문학이 근거 없는 것이거나, 혹은 시문학이 근거를 가져야 하며 또한 모든 근거는 과학적 근거라야 한다면, 시문학의 근거 또한 과학적 근거라야 하는가? 하지만 어떤 근거든 결국 '그 자체로는 근거가 없는 무근거성' 혹은 차라리 '자기-근거성'에 근거하고 있지는 않은가? 가령 과학의 '역사'는 과학적 근거만을 갖는가? 만일 과학 또한 무시간적이거나 무역사적일 수 없다면, 과학의 근거 또한 '역사적-시간적 근거'에 근거해야 하는 것이 아닌가? 하지만 '역사의 근거'는 어디서 찾아야 하는가? 결국 과학의 근거이든 시문학의 근거이든 역사의 근거이든, 모든 근거들은 '더 이상 그것의 근거를 물을 수 없는 무근거한 자기-근거인 역사적 경험'에 기초한 것이 아닌가? 사실 그러한 '무근거한 자기-근거인 경험, 전체적(보편적)-개별적이며 객관적-주관적인 경험'을 떠나서는 그 어떤 근거도 찾을 수 없을 것이다. 흔히 이야기되는 '과학의 객관적 근거' 또한 사실 결코 전적인 객관성이나 불변적 동일성만을 가질 수는 없는 경험들, '역사적 변형의 과정 속에 있는 서로 다른 고유한 경험들의 공유 가능성'에 기초한다(과학의 근거는 대개 수와 양으로 환원 가능한 제한된 감각적 관찰의 경험들과 합리적 추론의 경험들의 공유 가능성에 기초한다). 그런데 이러한 '무근거한 자기-근거인 역사적 경험'은 다시 '그 자체로 근거가 없는 카오스'와 본질적으로 연관되고 있지 않은가? 그렇다면 '경험'이란 본질적으로 '카오스적 전체성과 개별성의 역사적 경험'("검은 개인"의 경험)이며, 그런 의미에서 '카오스의 역사, 카오스의 경험'에 대해 말할 수 있을 것이다. 이와 관련해, 다음의 시행에 주목하면서 성윤석의 이 시집에 대한 매우 모자란 해석을 마칠까 한다.

> 불에 탔지만 타지 않은 돌 속을 상상하고
> 있었답니다
> ——「검은 개인」(P. 74) 부분

어떤 '연소 과정'과 연관되어 나타난 이 '상상의 돌'이 어떻게 검은 개인의 경험, 카오스의 역사적 경험으로 이해될 수 있는가? 이 상상의 돌은 그저 허구적인 비-존재인가? 그러므로 돌이 아닌 '비-돌'인가? 우리의 돌은 돌이 아닌가? 돌이 아니라면, 왜 돌도 아닌 것을 돌이라고 말하는가? 이때 돌은 '그저 비유에 불과한 것'인가? 하지만 '그저 비유에 불과한 것'이란 없으며('그저 비유에 불과한 것'은 비유이길 포기한 '비-비유'다), 앞에서 말했듯이, '상상적 돌'은 '상징적 돌'이기도 하고 '현실적 돌'이기도 하며, 따라서 그것은 상상과 상징과 현실 속에서 살아 움직이는 자연적 – 정신적 인간과 분리되어 생명 없이 죽어 있는 순전히 물질적인 자연의 돌이 아니라 '구체적 정신성과 구체적 물질성을 동시에 가진 채 구체적으로 살아 움직이는 자연과 인간의 돌'일 수 있다. 그 돌은 생명체와의 본질적인 내적 관계성 속에 있으며, 생명체의 구조적 형태에 가장 근본적인 중요성을 갖는 '무정형의 광물 혹은 원소'로 특정될 수 있다. 그것은 다름 아닌 '유기체'와의 본질적 관계성을 갖는 '탄소'다. 그리고 여기서 그 돌(혹은 탄소)이 '검은' 개인(혹은 '검은' 카오스)과 연관되며, 또한 어떤 '연소 과정' 속에 있는 '가연성의 돌'(탄소)이기에, 그것은 '불타고 있거나 소멸되고 있는 검은 석탄'(탄소)으로 예시될 수 있으며, 더 나아가, 결정적으로, 그것은 그 연소 과정 중에 생성, 변형되며 보존되는 탄소인 '이산화탄소'로 예시될 수 있다(이때 '돌'은 '고체'이기도 하고 '기체'이기도 하며, 또한 이때 그 '돌'이 식물의 광합성이나 인간의 호흡 활동 속에서 고려된다면, 그것은 '쓸모 있게 살아 있는 돌'이기도 하고 '쓸모 없게 버려지는 돌'이기도 하다). 그런데 여기서 '이산화탄소'가 결정적인 중요성을 갖는 이유는 그것이 '카오스의 역사적 경험'을 구체적으로 예시할 수 있는 대표적인 사례가 될 수 있기 때문이다. 이산화탄소의 역사적 발견은 17세기의 화학자인 반 헬몬트에 의해서 이루어졌는데, 그때 반 헬몬트는 순전히 실용적 분류와 명명에 집착하면서 주로 양적인 관계의 관점에서 객관적 정확성을 추구하는 이름인 '이산화탄소CO_2'라는 메마른 과학 용어를 물론 사용하지 않았고, 그가 이산화탄소에 대한 자신의 고유한 경험(전체적 – 개별적이면서 객관적 – 주관적인 경험) 속에서 만들어낸 이름은 이제는 우리에게 너무나 익숙해져 그 의미가 오히려 망각된 'gas'(기체, 가스)이며, 그것은 '카오스chaos'라는 이름의 변형이었다.[5] 그렇다면, 반 헬몬트가 나무, 석탄, 탄소 등의 연소 과정에서 발생하는 그 보일 듯 말 듯한 '기이한 연기' 혹은 이산화탄소, 혹은 차라리 '가시적 형태성을 내보이는 고체나 액체나 증기와 비가시적이고 형태 없는 공기의 역동적 중간 상태처럼 보이는 가스'에서 카오스의 질적 특성이나, 그것의 상징적 이미지를 보거나 상상했던 이유는 무엇인가? 브루스 T. 모런에 의하면, 반 헬몬트의 (카오스적) "가스"는 "자연의 어떤 것도 완전히 죽어 있지 않으며 자연을 이루는 각각의 부분은 존재를 활성화하는 영적인 생명을 지니고 있다는 가정과 연관되어 있다"[6]는데, 그렇다면 그는 그 '카오스적 가스'에서 '구체적으로 살아 있고, 모순적이고 역

5 존 허드슨, 『화학의 역사』, 고문주 옮김, 북스힐, 2005, p. 79 참조.
6 브루스 T. 모런, 『지식의 증류: 연금술, 화학, 그리고 과학혁명』, 최애리 옮김, 지호, 2006, p. 137.

설적인 이중성을 내포하는 전체성'을 상상했을 가능성
이 크다. 여하튼, 그 이유가 정확히 무엇이든, 분명한 것
은 현재의 우리 대부분에게 그러한 카오스적 가스, 혹
은 이산화탄소, 혹은 석탄, 혹은 검은 탄소, 혹은 "돌"이
나 "검은 개인"의 변형 과정 속에 있는 살아 있는 전체
성의 경험이 은폐되어 있다는 점이다. 그렇기에 또한 이
산화탄소, 혹은 '기체적 돌' 혹은 '카오스적 가스'가 한
인간의 신체적 – 정신적 활동 속에서 어떤 고유한 질적
의미를 가질 수 있는지 '의식'적으로 '사유'되지 못하고
있다. 말하자면, 이산화탄소는 한 인간의 내부와 외부
(식물, 동물, 대기)에서 모두 동일한 CO_2라는 물질(대낮
처럼 자명한 물질, '낮의 화학'의 물질, 오직 유물론적인
물질)일 뿐이며, 거기에는 어떤 모호한 카오스적 특성
도 없으며, 혹은 어떤 은폐된 생의 비밀도 없다는 것이
다. 하지만 "인간의 동작은 다른 것들과는 다르"(「인간
의 동작」)며, 그렇기에 가령 인간의 신체적 – 정신적 생
명 활동 속에는 감각적인 관찰이나 추상적이고 합리적
인 추론만으로는 그 의미가 온전히 드러날 수 없는 미
묘하고 미세한 변형의 과정, 그래서 차라리 상상적으로
경험될 수밖에 없는 카오스적 가스의 변형이 일어나고
있는지도 모른다. 그리고 그것은 성윤석의 "검은 개인"
의 경우도 마찬가지일 것이다. 현재의 '개인' 혹은 '개
별적 인간'은 아직 그 비밀이 온전히 드러나지 않은 미

완결의 변형 과정 속에 있는 "검은 개인" 혹은 '카오스
적 가스'다. ▨